成为你的美好时光

腐败分子潘长水

李唯

上海文艺出版社

目录

腐败分子潘长水
...001...

暗杀刘青山张子善
...099...

腐败分子潘长水

一

腐败分子潘长水系山东省沂水县朱戈区上古村人,一九四七年参加革命,一九五九年从华东军区杭州警备区退役时为大尉衔团政治处副主任,正营(科)级,转业地方工作干到临近退休时,任单位的办公室主任,仍为正科(营)级。

老潘(以下简称之)对他革命半生一直停

留在科级上满心苦涩。他的战友们正常升迁的一般都是地、师级了。老潘解放后从不和他的战友们来往,以保持距离来保持他的自尊心。老潘内心深处一直渴望着能把他的级别再往上动一动,起码也要是个县、团级;否则老有人有意无意地问起,说你一九四七年参加革命怎么才是个科级,你是不是……老潘受不了那种意味深长的目光。老潘做政工干部多年,他深深知道中国人想人一般都不往好里想。

影响老潘升迁的原因是他历史上有过一个污点:他叛变过。

一九四九年国民党重点进攻山东,老潘被国军白崇禧部俘虏了。老潘那年十九岁,在我军当个副班长,还是个毛愣后生。白崇禧部都是广西籍的兵,很刁野,把老潘吊在房梁上,要老潘反水参加国军,还扒了老潘的裤子,用枪顶着老潘的裆,说老潘要是不参加国军就一枪把他打成太监。

老潘在大庭广众下被人用枪顶着羞处,臊得掉眼泪,羞愤满腔。另外老潘见这伙广西兵捉了蛇来也吃，捉了猫来也吃，连老鼠也捉来烧了吃，一阵阵地反胃，心里想：我要是投降了你们，你们还要让我吃猫吃老鼠哩，恶不恶心人！老子就是要投降也不投降你们这部分！

老潘就咬牙不从，破口大骂。广西兵被老潘骂恼了，就真的用枪托捣老潘的下身，要捣死他。捣得老潘痛彻心肺大呼小叫，一阵阵地冒汗。旁边另一部分的国军有点看不过眼去了，这是山东王耀武部的，被老潘大呼小叫的一口乡音喊得感情竟有些亲切起来，见这伙广西兵这么欺负一个山东老乡，就过来拉架，把老潘从房梁上放了下来，给老潘穿上了裤子。

其中有个连长，也是沂水县的，给老潘一条毛巾擦汗，说："兄弟，捣坏了没有？"

老潘一听这口乡音，感情再绷不住了，委屈地放声大哭，说："妈的，捣哪不行，捣老子的蛋子！我怕是废了，你看这蛋子都肿成泡了，我还没娶媳妇呢！……"那年老潘家里已经给他说下了一门亲，还没娶过门。

国军连长笑了，说："一两天就不肿了。

往后你娶媳妇,一样能操出孩来。他们踹你蛋子不对,你参加八路军也不对。你参加我们这部分算了。都是山东老乡,我也不会亏待你,我还让你当个班副。我看你这个人打仗倒是不怕死。"

老潘抹了泪,说:"大哥,这不行,我已经参加了八路军。我参加八路走的时候,村里还特地拿出白面来让我吃顿面条。大哥你知道俺们那地界,弄点白面不易,这是人家的个意思。我不能让人家说我没意思。村里还有俺娘,在人前还要活哩。"

国军连长气了,踹了老潘一脚,但没往老潘的裆里踹,骂道:"妈的高粱花子脑袋,一碗面条就看在眼里了?!"老潘挨着踹,仍犟犟地说:"面条不面条,这是个意思!我不能让人说我没意思!"国军连长哭笑不得,想了想,说:"要不是老乡,我今天就毙了你!你不参加就算了。你就临时参加几天,给我们找点粮食,你们部队刚在这里驻扎过,村里熟。俺刚才帮了你,你总不能不帮俺吧?你要不帮俺,你可就没意思了！"

老潘挺为难，想了想，说："那就……咱可说好我只参加几天啊，弄完了粮食我就不参加了。"

老潘就临时叛变了几天。国军连长临时给老潘找了顶国军的士兵船型帽扣在头上，衣服还让他穿原来八路的衣服，老潘那几天就穿着这身"国共合作"在村里找粮食。村里的老乡有不少认识老潘的，悄悄地问："潘长水你又参加国民党了？"老潘自觉有些羞愧，脸红红的，嘴里含含糊糊地说："几天的事，几天的事……"

找齐了粮食，老潘把国军的帽子还给连长，真的要走。国军连长问他："你这一走还是要去参加八路军吗？"老潘挺实在地说："我的东西都在部队里，有床被，我不去东西都没了。"国军连长叹了口气，说："我看你这个人也是拦不住，犟种！这样吧，我放你走路。以后咱们再碰到时，兄弟你枪口高抬一寸。"老潘想了想，说："那行，我不打你们这部分就行了。但碰到其他部分的国民党我是不饶的。这也要先说好。"

老潘回来后把一切都向组织上如实说了,包括向国军某某团某某连的官兵许诺过枪口高抬一寸的话。老潘的连长被他气笑了,也踹了他一脚,说:"我骗了你的蛋子!"但他没骗老潘的蛋子,还让他去当班长。后来又让他当排长。当时部队伤亡很大,人员严重不足,部队正是用人之际,不讲那么多原则。老潘也没把这当回事,一心一意打仗。打完了国民党又去朝鲜打美国人。老潘打仗很勇敢,不怕死。老潘的连长一打仗就很依靠老潘,一打恶仗就叫老潘当主力,往上冲,老潘回回都能带兵冲上去夺了山头或是炸了敌人碉堡什么的,给首长很挣了脸面。打仗中不断有干部牺牲,不断给老潘留下提升的空缺来,老潘的官阶就一路升上去,一直升到了营级。升到了营级,战争就结束了,组织上就叫老潘复员转业,同时组织上也一直记着老潘历史上有过这么一个污点。转业时,老潘的连长——后来升到了师长,代表组织在老潘的档案里批道:此人可利用但不能重用。

老潘的一生前途都被这句话压住了。

二

战争结束后的新社会是个讲原则的社会，原则性越来越鲜明突出。原则性越突出，老潘的污点就越突出。老潘一九五九年转业到这个单位，按他的部队级别应该担任科室正职。单位领导看了老潘的档案，就让老潘任了办公室副主任，不给他正职，同时对老潘的分管权限也作了格外谨慎的研究。办公室的工作包括人事档案、机要文件、组织政治学习等等，单位领导这些都不让老潘分管，让老潘去管了后勤仓库。仓库里堆放着供应施工队的粮食、被服、管道器材什么的，都是些哑物，不涉及党内机密，单位就让老潘去管这个。

老潘拎着铺盖第一天到仓库去报到，看到一头母狼蹲在仓库边跷着一条腿撒尿，见老潘过来，狼却是不跑，继续尿着。老潘扔过一块石头去，狼才如散步一样慢慢地走了。老潘望着发落他的这片荒凉地，心里涌上一点凄凉来，有一瞬间想到了"卸磨杀驴"这句话。但老潘很快就想开了，同时反省自己不该这么去想组织。老潘当时在报纸上看到一则消息，说国民党济南守城司令王耀武因为在抚顺战犯所改造得好，被特赦，当了政协的文史委员，毛主席还请他和杜聿明、廖耀湘几个在中南海里吃饭。这则消息使老潘很受鼓舞。老潘想：我就是给王耀武的部队找过几天粮食。未必我这个找粮食的还不如他那个吃饱了肚子下令朝共产党开枪的战犯吗？何况我还在咱们部队上从山东打到海南岛，又打到朝鲜，一路出生入死，怎么说也是我跟咱们共产党关系近！老潘下决心，组织上让他在这守仓库，他就要加倍地好好干，只要干得好，组织上是不会忘记一个好同志的。老潘在当天的日记里写道：毛主席不会忘了他的战士！

　　老潘把老婆也从山东老家接了来和他一起在这荒郊野地守仓库。老潘的老婆就是老潘当兵时在村里说下的媳妇,那时已经给老潘生下了老大潘建设、老二潘建国和老三潘建军。仓库人手不够,老潘就让老婆边带孩子边在仓库帮着干活。逢到太阳好的时候,把被服抱出去晾晒,掉了扣子开了线给缝缝补补,把搬运时撒落的粮食扫拢来,拣去沙子灰土又装回口袋等等,这些杂活是干不完的。

单位规定雇一个临时工干这些杂活的工钱是每日五角钱。老潘让老婆干活却不给老婆工钱,让给国家白干。老潘当时是行政二十一级,月薪四十四元二角,一家五口人吃饭穿衣,三个孩子上学买书本铅笔,老潘每月还给山东沂水的老娘寄去五元,再给老婆的父母寄去五元,老潘还要抽烟,这样月月的钱就很不够。

老潘的老婆月月给国家白尽义务,后来就忍不住给老潘说能不能给她也发一点钱?哪怕每天只给一角钱哩,也好给孩子们买支带橡皮头的铅笔。老潘坚决不给,骂老婆道:"国家每月给你男人发四十多块钱哩!过去地主月月能挣四十块大洋不?几个孩子星期天都能改善伙食吃一顿白面，晚上写作业还点电灯，过去地主都点油灯！你还不知足？你再说要钱我揍你！"老婆就害怕得不敢再说了。

老潘后来还是狠揍了老婆一顿。老大潘建设那年十二岁了，很捣蛋，跟同学玩耍，把皮带都扣到最后一个眼里，然后鼓肚子憋气，比赛看谁能把皮带挣断，结果潘建设把皮带挣断了。潘建设没有皮带系裤子，没办法上学。老潘的老婆狠打了潘建设一顿，到小卖部去问，一根皮带要九角钱，嫌贵，舍不得买，就到仓库里捡了一截电线给潘建设当了裤带，让儿子系上赶紧去上学。老潘晚上看见儿子腰里系的是国家的电线，问明情况，抓过了老婆就打。老潘是当兵的，揍人很是地方，打得老婆疼得脸都变色了，央告老潘说："建设他爹呀，你别往我肚子上踢，你踢我肚子我明天爬不起来了，我明天还给你做饭哩！"老潘却越发狠打，说："我稀罕你给我做饭！你把我的脸都丢完了，我还有脸吃饭！"三个儿子见妈被爹打得在地上翻滚，吓得都哭。老潘的老婆被打得鼻涕眼泪直流，又央告老潘："建设他爹呀，我再不敢了呀！明天我还给国家晒被哩，广播里说明天不下雨，出太阳，我好好给咱国家晒被，你别打了呀！"老潘这才不发狠打了，又踢了两脚，罢了手，说："都记住，谁要再敢到仓库拿哪怕一颗钉子，我一顿打死他！"从此潘家老小再不敢动国家仓库的任何东西。仓库搬运粮食时常有星星点点的玉米或大米粒撒在地上，老潘最小的儿子潘建军那年才六岁，就会自动看好自家养的鸡，不让去吃国家撒在地上的粮食。

一九五九年过去说是一九六〇年。老潘的老婆饿得都不来月经了。家里能吃的东西都吃了。鸡早杀。老潘的老婆把她扎头发的一盒皮筋都煮了，煮了以后发现那不能吃，那是橡胶做的。平时大家都"牛皮筋牛皮筋"地叫，老婆就以为是牛皮做的，结果是橡胶，吃了拉肚子。全家都饿得得了浮肿病，老潘肿得最厉害。老潘完全可以不肿，他守着一仓库的粮食，有大米、玉米，还有几十麻袋黄豆和荞麦。但老潘饿死也不取一粒来吃。

老潘的老婆见孩子们肿得厉害，就想叫老潘到仓库拿点黄豆炒了给孩子们当药吃。那些年治浮肿的药就是炒黄豆，见谁肿得厉害，就发给十几粒嚼了吃了，像阿司匹林治感冒似的。但老婆不敢给老潘说，怕老潘打她。三个孩子也不敢给老潘说，孩子若不听老潘的话，老潘打起孩子来也是很厉害的。

老潘打仗时得了风湿性关节炎，家里存了几个干白菜根，常用白菜根熬了水来洗脚，有个偏方说经常洗就能洗好。这一天，老潘又熬了白菜根水来泡脚，那股味道把孩子们都引逗过来蹲在跟前看。老潘泡完脚，刚趿上鞋走到里屋去穿袜，六岁的潘建军就忍不住喝起那洗脚水来，那味道有点像熬白菜汤的味道。接着老大潘建设和老二潘建国都抢着喝起来，三个孩子把一盆洗脚水喝了个精光。六岁的潘建军喝完了还像个小狗似的趴在地上去舔，因为那砖地不平，有坑，坑窝里残留着溅出来的白菜。

老潘穿好袜子从里屋出来一看呆了，三个孩子赶紧从地上爬起来，胆怯地望着老潘，怕老潘打他们。老潘没有说话，走出屋去，在门口一棵已经吃得没有一片树叶的杨树下，他靠在那里哭了。老潘觉得孩子们太可怜了。那天夜里老潘下了决心无论如何要给孩子们弄点黄豆来吃。

第二天老潘就到仓库去，叫仓库主任打开一麻袋黄豆，把那珍珠粒似的黄豆抓在手里摩挲来摩挲去。饿得眼窝深凹的仓库主任老孙赶紧关上仓库门，眼巴巴望着老潘抓弄黄豆，他只待老潘一开口，就想和老潘两个人悄悄一人装一小信封黄豆回家去。一麻袋豆儿，少这么一点是谁也看不出来的。老潘抓弄着豆粒，足足抓了有一个世纪那么长，最后捏出两粒来，给了老孙一粒，自己含了一粒，说："咱们俩尝点味道吧。剩下的不能动。这是国家的粮食，咱们俩都是党员，别犯这个错误。"仓库主任老孙如梦初醒，蜡黄的瘦脸上竟涨起一层红晕，仿佛已经走到了悬崖边又被老潘拉了回来。

老孙说:"对!对!不能动!"悄悄把那两只小信封团在手里,扔了。

老潘取了两张毛主席的画像来,当门神一样一左一右贴在仓库的大门上。老潘要让毛主席看着他,监督他别犯偷吃国家粮食的错误。老潘后来几次饿得太狠想到仓库取一点豆儿或者荞麦,都被毛主席的四只眼睛挡了回来。老潘回家就喝凉水充饥,让老婆和三个孩子饿得挨不住了都去喝凉水,喝满一肚子,好歹也能撑一撑胃。

灾年过去,上级领导和工作组来仓库检查工作,看到颗粒未动的满满一仓库粮食和毛主席画像,都感动得哭了,树了仓库一个先进典型。

单位的办公室主任调离,单位党委就把仓库主任老孙提起来当了办公室主任,做了老潘的上级。老潘还是副主任。单位的人都大感意外,大家都以为这次是要提老潘的。老孙自己也在单位里讲他是在老潘的帮助下才吃了国家那一粒粮食(一粒黄豆)的。而且人人都知道仓库门上的毛主席画像是老潘贴的。单位的人见不提老潘反倒把他底下的老孙提起来了，就开始猜想老潘是不是犯了不便提拔的错误了。有些人猜想老潘是乱搞男女关系了。仓库里是经常要雇一些临时工来帮忙的，很多都是附近农村里的女人，也有单位职工的家属。老潘要利用职权睡一两个，还是容易的，老潘管住了自己的上面没管住自己的下面。有些人怀疑老潘是贪污公款了。仓库里每一季度都有钱款过账，要趁机做做手脚贪污一点也不是没有机会。还有人干脆说老潘是又贪污了公款又睡了女人。老潘不吃国家的黄豆，在仓库门上贴毛主席画像，都是装样子，目的是为了掩盖他的罪行。要不然为什么组织上不提他反倒提了老孙？众说纷纭。

老潘对于单位不提他反倒提了老孙心里本来就有点委屈，不久又听到了单位里那些说他的闲话，真是又窝火又伤心。他没法对群众解释他就是一九四七年临时给国民党的部队找过几天粮食。一来有纪律，个人档案对群众是保密的；二来不说这个还好一些，"叛徒"的名声还不如乱搞男女关系，起码乱搞男女关系还属于人民内部矛盾。老潘只好默默承受这些飞短流长和白眼。

后来连老孙都认为老潘是有问题的。老孙也没想到会提拔他而不提老潘。老孙兴奋之余也开始怀疑，他只有朝那些坏的方面去想，否则没法解释。老孙从此开始对老潘防范起来。

单位的一个施工队在下面施工时被山洪阻在了一个峡谷里，断粮好几日，锅碗瓢盆都冲走了，也没办法起伙。电话打上来，办公室连夜组织大家烙大饼要给送去。老潘自告奋勇负责揉面，将一袋袋面粉倒进大盆里，和上水，赤了膊去揉，干得汗流浃背。老孙走进伙房，看见老潘在揉面，竟吓了一跳，忙跑过去扯住老潘说："老潘，你别揉面了，让我来吧。"老潘以为老孙客气，继续揉着面说："不碍事的，这点活我累不着。"老孙却急得声音都颤了，一把将老潘拽了个趔趄，说："让你别揉面你就别揉了！你去烧火吧！"老潘呆住了，好一阵才恍然悟到老孙是怕他在里面下毒，搞阶级破坏。老潘顿时脸色惨白，一句话都说不出来。老潘想当时他手里要有支枪，都能开枪把老孙打死！

老潘的老婆见老潘整天阴沉着脸，知道男人心里憋屈，就想对男人好一些，尽力想法宽慰他。老婆生完老三潘建军后就得了妇科病，一行房事就疼，老潘经常都是一连好几个月不能近她的身。老潘当时正是壮年，长期不能行房事搞得他很难受。这一日，老婆洗了身子，睡到床上，对老潘说："建设他爹，我的病好了，你想要就来要吧。"

老潘就匆匆洗了一下上去了。他做事的时候有点恶狠狠的，手和脚都下得很重，发泄着心里的窝憋。完事之后，他连耳根后面都渗出了汗，浑身乏力，但没有觉得舒坦和好受一些，心里还是挥之不去的烦躁。

老婆却又疼起来了，把枕头顶在小肚子上，疼得直流汗。老潘才知道老婆的病并没有好，她是在哄骗他。老潘手忙脚乱给老婆拿来去痛片和开水，同时心里痛骂自己真是个驴！三个儿子听见母亲高高低低的呻叫，不知道妈是咋了，都从床上爬起来缩头缩脑地朝里屋看。老潘回头看见三个儿子一脸的惊吓，心里越不是滋味，觉得自己真不是个男人，在单位受了气，只有回家朝老婆孩子撒。

那一夜，老潘没有睡觉。他坐在小凳上抽了一夜的纸烟。到天亮时老潘想定了：还是不能泄气。还是要好好干工作。就是为了老婆孩子今后也要更加拼命地干，一定要干得把组织上感动了，把他提拔起来。他得到了提拔，这就是组织上信任一个同志的最大表示，单位那些人就再没有屁的话好讲！老婆孩子跟着自己也不会活得这么憋屈。

从此老潘在单位就更加拼命地干工作想感动组织。老潘除了更加勤奋地干好仓库工作之外，还主动把机关大楼里打扫男女厕所的事也包了下来。每天一大早老潘就骑车从郊外提前来到单位机关，拿着自己买的墩布和扫帚，楼上楼下地卖力气，把六个男厕所和六个女厕所都清扫干净，把那些脏纸龌龊都拣到纸篓里拿出去倒了，然后再骑车骑十几里路，回到仓库去上班。老潘天天都这样做。

单位的人都看见老潘扫厕所了。看见了之后大家都会意地默笑，愈发认定老潘是犯了错误了，老潘是戴罪立功。要不他这么拼命干为什么？他要不这么好好表现早把他送进监狱里去了！单位的人渐渐就对老潘更不客气起来。再跟老潘说话，都用跟犯了错误的人讲话的口气。老潘打扫完了厕所，有人就让老潘再去提两壶开水来。于是各办公室的人都让老潘去提开水。老潘提了开水来，大家都心安理得地沏了茶来喝，把喝老潘打的开水视为帮助老潘进行劳动改造。单位里有什么杂事大家也都使唤老潘去做，像取信取报纸什么的，还让老潘去帮着买早点，把老潘当成了杂役。单位生产办有个严丽琳，是个半老的徐娘，有一日来上班突然提前来了例假，经血把裤子都洇湿了，她没有带纸，又不好穿着这条洇湿的裤子上街去买，靠在机关楼道的墙壁上着急得要命，一扭脸就看见了从女厕所里提着墩布走出来的老潘，就把老潘唤过来，说："老潘你赶紧帮我去买包卫生纸！喏，这是钱。"严丽琳当时看着老潘的眼神里完全没有男女之别，老潘只是一个被抽去了人欲的中性。老潘当时接过严丽琳交给他买卫生纸的钱时，血"轰"的一下都涌在了脑子里……

老潘把这一切都承受了下来，一心为了要达到他心里的那个目标。老潘勤勤恳恳委曲求全干到了五十出头，扫厕所已经扫得很专业，开水也提了万千壶。单位领导换了一茬又一茬，但历届领导都碍于老潘的政治历史问题不能提拔他。老潘始终抱着相信组织的信念不屈不挠地奋斗着。

而在那年的秋天，毛主席却去世了。中国顿时像塌了天一样，神州大地一片嚎啕大哭。老潘也哭了。老潘望着被换上了黑框的毛主席画像，不禁想起了他当年在仓库门上贴的那两张毛主席像，鼻子一酸，眼泪就淌了下来，泣道："毛主席呀……"

老潘的哭泣里又比别人多了一些滋味。

三

毛主席去世之后的社会又是一个新阶段了，渐渐地一切都和毛主席在世的时候不一样了。中国人钱多了，饿饭的少了，同时也有了妓女。原本的社会结构开始出现了对一部分人来说是机遇而对另一部分人来说是空子的松动。老潘的命运渐渐就发生了变化。

给老潘带来命运转机的是单位新上任的局长老刘。老刘到任后，把老潘扶了正，提起来做了办公室主任，后来还打算提老潘当副局长。

老刘一开始并没有打算提老潘，他提拔老潘是因为他一上任就有人在背后整他。

在背后整老刘的是副局长老李。本来老李以为老局长病故之后上面会顺理成章把他提起来当局长的，却没想到调来个老刘堵了他的路。老李心里很窝火，就要给老刘制造点磕磕绊绊。老李在单位当领导时间很长，又分管组织和人事，各科室的头头有许多都是他提起来的人，自然都听老李的，于是都跟着老李在背后对老刘使坏。结果老刘这个局长出去办事连要个车都要不来。寒冬腊月，老刘家里窗上的玻璃让街上踢足球的小孩踢碎了两块，冷风夹着雪花飕飕地往里灌，单位办公室硬是拖了一个星期才把新玻璃给安上，把老刘全家大小都冻感冒了。老刘爱喝红茶，叫办公室给他去买一点来，办公室的回答是没有这笔开支。可老刘看到老李那里要碧螺春、铁观音，甚至雀巢咖啡办公室都给他买。老刘气得当着办公室主任的面摔了一个茶杯。办公室主任姓张（老孙在一九七九年得胰腺癌死了），是老李提起来的铁杆，见刘局长给他摔茶杯，并不惧怕，也回摔了一个茶杯，扬长而去。出得门去后，还对围在走廊里看热闹的单位职工放话说："我就不给他买茶叶！我不信他还能把我的鸡巴给咬了去！"

老刘窝火透了，下决心要在单位提拔自己

的人，首先就要提拔一个办公室主任，把这个张撤换了，要不他妈的连个茶叶都喝不上，还要听他的骂！

老刘让他带来的秘书小马去摸一下单位中层干部的情况，特别是重点摸一下那些长期受到老李排挤不被重用的干部，让小马给他搞一份名单上来。小马很快搞来了一份名单，向老刘汇报说：这几个干部作风都正派，历史也很清白，都是看不惯老李平时在单位多吃多占，向上级反映过老李的问题才受到老李排挤的。老刘听了汇报，却决定不用这几个干部，让小马再去摸底，把单位所有中层干部的档案都调来给他看。小马搞不明白，问老刘："刘局长，这几个干部都很正派呀，也有工作能力，您为什么不用这几个同志呢？"老刘一笑说："小马你对使用干部的事情不懂，以后你自己官当大了，你就会慢慢明白的。"让小马只管去调档来给他看。

老刘差不多是在最后才看到老潘的档案的。小马认为老刘根本看不上这个潘长水，所以把老潘的档案放在了最下面。老刘看到档案里记载着老潘在解放前曾经叛变过,有这样一个历史污点,因而长期提不起来,老刘马上有了一点兴趣,让小马去把老潘叫来,他要跟这个"叛徒"谈一谈。

老潘当时正在扫厕所,提着湿淋淋的扫帚就跟着小马来了。进门之后老潘才发现不合适:哪能把这厕所味儿带进局长办公室呢!于是老潘赶紧又踅出去把扫帚放在门口,才走回来坐下。老潘坐下后有一点脸红,觉得不好意思,绞着衣襟想说一句道歉的话又不知该怎么说。

这个表情让老刘笑了。老刘觉得老潘这个人还是蛮老实的,不是那种吃完人家饭又砸人家锅的主儿。感觉到这一点后,老刘当时在心里就决定要用老潘。老刘是个办事果断的人。

老刘说:"老潘同志,你当办公室副主任年头不短了吧?你是个老同志了,以后还应该多挑一点重担多负一点责任嘛。"

老潘一时不能明白,望着老刘没说话。

老刘干脆地说:"我想让你当办公室主任。

你的意思呢？"

老潘心里"咯噔"了一下，又迟疑地问："办公室不是有主任吗？那个张——？"

老刘说："张的工作要变动。"停停，又对老潘说，"这个情况你知道就行了。先不要在单位里扩散。"

老潘这才激动起来了，这使他不知说什么好。好半天老潘才艰涩地说："刘局长，您能这样看待我，我，我不知道该怎么……可是，刘局长，组织上这么信任我，我就更不能不对组织上说实话，我……我历史上曾经有过问题，单位的群众都不知道，我，我这个——"

老刘一摆手说："你这个情况我知道。这不算什么问题。以后我掌握就行了，不在群众中扩散。老潘你好好干，一有机会我马上把你提起来。"

老潘真是不知道要怎么感激老刘才好了，说："刘局长，您对我，我这个，我——"喃喃了半天，一句完整的话都没说出来。

老潘这个样子又再次让老刘笑了。老刘再

次感到提这个潘长水还真是提对了。他要的就是老潘这份发自内心的感激涕零。

老潘到底什么都没说就离开了老刘的办公室。他真想对老刘说一点什么。比如握住老刘的手说点"我这一辈子都忘不了您"之类的话。但他想共产党人之间不兴搞得这么庸俗，就决定什么也不说了。老潘想：就让刘局长看他潘长水今后的具体行动吧！

老潘回去继续扫厕所。冲洗着小便池的时候老潘想到：今后光是扫厕所和提开水是远远不够的了，还要主动干更多的工作，来报答刘局长和组织上对自己的这一番情意。老潘绞尽脑汁想单位里还有什么工作好干。后来老潘想到了一件事：单位里成年累月地烧锅炉，清出来的炉渣都堆在锅炉房门口，都堆成一座小山了，鸡在上头都做了窝，特别影响单位的环境卫生。单位办公室最近准备雇几个临时工花上千把块钱来清渣。老潘决定自己业余时间来做这件事，每天清除一点直到清理干净，为国家节省下这笔开支。

老潘第二天下班后就借了个手推车掂把铁锹去清炉渣，然后天天如此。干到第五天的时候，老刘偶然经过锅炉房看到了，那堆庞大的炉渣被老潘挖走了一大块。老刘惊诧地问："老潘你这是干什么呢？"老潘见老刘注意到他了，干得愈发上劲，说："这堆渣本来是要雇临时工干的，我干就行了，能给国家省一分钱就省一分钱。刘局长，我这个人没啥能耐，下苦力干工作我还行。"老刘抿着嘴唇不吭气。沉默了一会，老刘对老潘说："你跟我来一趟。"老潘不知什么事，放下铁锹就跟着老刘去了。

进了老刘的办公室，老刘把门一关，劈头就说："你这个老潘！你让我说你什么好呢！"

老潘懵了，不知自己哪里错了。

老刘说："我提一个办公室主任不是要让他掂把铁锹去给我清炉渣的！要那样的话，我提拔一个农民好了，哪个农民没把子力气不会清炉渣？老潘你说你这个人，你不是给我扯蛋嘛！"

老潘嗫嚅地说："那……刘局长，你让我

干啥工作呢？"

老刘望着老潘愚钝的样子叹了口气，说："你这个人脑子就是不行。"停停，又说，"你想问题不行。"老潘很诚恳地望着老刘，希望他能明示。老刘想了一会，索性敞开来说："老潘，我既然决定要用你，以后我就要跟你推心置腹，你呢，也要听我的。你现在关键要做的事，就是要协助我想办法把老李先给他搞掉。老李那个王八蛋搅得我没法干！再说不把老李搞掉，办公室那个张我也换不动他，你这个主任也当不上。所以老潘你得给我想出办法来。你在单位时间长，情况熟，你看老李有什么把柄没有，像贪污呀，挪用公款呀，乱搞女人呀什么的，你写个匿名信给我往上告他！"

老潘默不作声，脸先有点涨红了。这种事他没做过。在老潘的观念里，同志之间有意见，应该摆到桌面上来讲，不应该在背后搞小动作。但老潘心里这样想却不敢这样说。他实在想让老刘把他提起来。他盼这天已经很久了。他真怕老刘一不高兴又不用他了。

老潘憋了半天，期期艾艾地说："老李那个人吧，咋说呢，据我所知，他老让办公室给他买茶叶什么的，自己也不掏钱，这是违反财经纪律的。刘局长，你看这事可不可以向上级反映？"

老刘一摆手否定了老潘："这么点事搞不倒他。你还要往大里想。他有没有大的问题？"

于是老潘又竭力去想老李大的问题。

老刘提醒他："像贪污公款、乱搞女人什么的。政治问题也行。"

老刘这么一说老潘想起来了，说："老李在一九七九年和当时计财科的小王有不正当的男女关系。有人看见他们在老李的办公室里睡过觉。"

老刘有了兴趣，说："哦！好呀这个老李！"又一想，说，"不行，不行，一九七九年的事，这都到哪一年了，裤子早都提起来了，他死不认账，你有什么办法？老潘你再想想，老李最近有没有挂上什么女的？"

老潘想了想说："好像有一个，不过我不

敢肯定。我管的那个仓库里，有个家属临时工叫许莲英，人胖胖的，三十来岁，老李好像对她有点什么想法。老李没事老爱到仓库来转，说是来检查工作，一来就跟许莲英调笑。许莲英也不躲老李。她想转正，要求老李帮忙。我看出这里头有点问题，所以老李一来，我就把许莲英支出去干活，让老李见不着她。我是怕老李一时把握不住真犯了错误，那就太不值了。所以说我不能肯定。我就是讲有这么个情况。我也没什么证据呀。"

老刘笑了起来，说："你这个老潘呀，你真是的，真是的……"

老潘望着老刘，不明白老刘是什么意思，他没让老李干许莲英，"真是"怎么了？

老刘说："老潘，下次老李再来仓库找许莲英，你别拦他，你躲出去，你让他们干去。"

老潘心里颤了一下，有一种胃里被塞了海带丝的感觉。他平时特别不能吃海带，一吃胃里就潮腥腥地想呕。老潘想说这样的事我做不来，但他一看老刘的脸色又迟疑了。老刘望着他的眼神里兴致勃勃跃跃欲试，老潘感觉如果他对老刘说他不想这么搞人老刘马上就会对他凉了下去，也许从此就不再理他了。老潘努力了几次，最后还是决定不说。

老李和许莲英是在一个下午被捉奸的。当时老潘正坐在仓库的办公室里魂不守舍地一个人抽烟，这时候老刘的电话来了。老刘在电话里问："老李是不是又到仓库来了？我下午上班的时候看见他坐车出去了。"老潘说："来了。正跟许莲英在她的保管室说话哩。"老刘说："说了有多长时间了？"老潘说："快有一个小时了。"老刘说："屋里还有别人吗？"老潘说："没有。就他们俩。"老刘停了一下，问："老潘你估计他们是不是已经搞上了？"老潘说："不知道。我刚才路过保管室的时候听见里面不说话了。开始他们还说笑哩，外面的人都能听见。"老刘说："那老李这个家伙现在肯定搞上了！"老潘没有做声。老刘又停了一会，说："老潘你进去抓他们！"老潘吓了一跳："什么？！你让我——"老刘果断地说:"你带几个工人,假装进保管室取什么东西,一扛门你不就进去了嘛。"老潘又像吃了很多的海带,而且心慌慌地直跳。老潘说:"刘局长我做不来这种事情,我——"老刘说:"老潘你还是当过兵打过仗的!这种事你都做不来你还能做什么事?我以后还能指望你做什么事!"老潘捏着话筒不吭声,老刘在那头也捏着话筒不吭气,在等着他。老潘手都颤抖起来了,最后说:"那……那我进去看看。"

当老潘手底下的几个工人把保管室的门使劲打开之后,老潘赶紧把脸掉过去冲着墙壁,所以他没有看见老李和许莲英惊慌失措地穿衣服,只听见那几个工人嘿嘿嘿地捂嘴笑。过了好久,老潘把脸转过来,老李已经穿好衣服坐在一堆麻袋上,手抖抖地抽烟。许莲英则在嘤嘤地哭。老李说:"老潘,这件事别让我的孩子知道,行吗?"老潘赶紧说:"行!我让大家都不对你的小孩讲!"说了这一句,老潘好像补上了一点愧疚似的。

老李在单位呆不下去了。他来找老刘谈话,

请单位党委研究一下,看给他个什么处分。老潘当时也在老刘的办公室里。老刘听老李一说连忙摆手:"狗屁个处分!老李你就写个检查好了,让我这里对上面有个交代就行了。"老李连连叹气说:"我在单位没法呆了,我调走吧。"老刘也叹了口气说:"也好,你换个单位回避一下也好。也省得许莲英的男人来找茬跟你闹事。这两天我已经让王学礼(许的爱人)到上海出差去了。我看那家伙天天袖里掖把刀子,我怕你出事。"老李有些感动,说:"老刘你是个好人哪!以前我对你……咳!"老刘说:"不说这个了,我这个人最不记这些!"老李站了起来,说:"老刘,没说的,有空上我家去喝酒!"老刘也站了起来,说:"行,我一准去!"两人紧紧地握了握手,老刘还动感情地拍拍老李的手背,既是抚慰又是惜别。老李走了。老李出门后老刘朝地上"呸"了一口,对老潘说:"我去喝他的酒?球!我刚来就看他不是个好东西!"老潘苦笑笑没有做声。他觉得老刘也不是个好东西,但他不敢说。

老李调走了。老李一走,老刘就把张的办公室主任撤了,把老潘扶了正,让老潘从仓库搬回机关,坐进了张的那间铺着地毯的正主任的办公室。

老潘算熬出来了。

四

老潘千熬万熬坐上了他在一九六〇年就早该坐上的位置,心里没有喜悦竟有点发怵。他怕单位的人说他这个正主任是捉奸捉来的,从此更看不起他。于是老潘就更加谨慎小心,先把地毯撤了,皮沙发也搬出去换了几把木椅子进来,一点官场的气派都不敢留,同时打开水和扫厕所干得更勤快,更殷勤地对待单位的广大群众。

但老潘发现他再给各科室去打开水,各科室的人都坐不住了。老潘刚提了开水进屋,各科室的人都像针扎了屁股蛋子一样地慌忙站起来,纷纷说:"哎呀潘主任,怎么能让你打开水呢！快放下，快放下！"有平时好说笑的人还说："这简直是把书记当成社员了！"老潘则说："没事，没事，一壶开水嘛，都提了十好几年了，没关系的，大家喝，大家喝，我明天还送来。"第二天老潘来上班，刚把外衣脱下来挂在衣帽架上，就准备去提开水，质检科的老钱先提着一瓶开水进来了，说："潘主任，给你送瓶开水来，你快泡茶好吃早点。"老潘慌忙说："哎哟，怎么能让你给我打开水——"话没说完，和老钱一个科的老周也提着瓶进来了，说："潘主任，给，刚开的水！"一扭脸，看见老钱也在，老周有些不好意思，说："我就是来送瓶开水，可没巴结领导的意思。"老钱讪笑着说："都一样，都一样。"接着施工科的小李、动迁科的曹大姐、安全科的赵婉芬和王吾义……陆陆续续的，一个个都提着瓶开水进来了。王吾义还拿着茶叶。进门后，猛然撞见还有其他人在，都有些不好意思，彼此打个哈哈，赶紧放下开水都走了。十几瓶开水都放在老潘的办公桌上，像炮弹似的把老潘围在中间，看得老潘发呆。老潘想：他奶奶的，用这些开水洗澡都够了！

然后老潘又发现他再去打扫厕所也是不可能的事了。老潘拎着家什一进门，那些正撒尿和拉屎的都赶紧提了裤子站起来，来抢老潘手里的扫帚，死活不让老潘下手。老潘看这样打扫不成，就干脆再提前一小时上班，趁楼里没人，把厕所打扫干净。老潘想这样总是没纷争了。但老潘很快发现机关的人很多都不在机关楼里上厕所了，很多人都到街上去上公共厕所。老潘百思不解。

老潘手底下的小商跟老潘解释说："谁还敢上你打扫过的厕所呀！要是正好碰上让你看见他在你刚打扫好的厕所里拉屎撒尿，满不在乎你刚才还在这弯着腰流着汗冲小便池，谁知道你心里会怎么想人家呢？人家主要是怕你对他们有什么想法。"

老潘觉得莫名其妙："我会有什么想法呢？这有什么关系呢？"

小商只是笑，再不深入解释。

技术科有个老裴，是一九五六年清华大学土木建筑工程系毕业的。老裴学历高，平时最瞧不起老潘，认定老潘长期提不起来肯定有什么问题，见了老潘总是不屑于跟他讲话。那一日，老潘进厕所方便，老裴也跟进来了，解了裤子在老潘旁边蹲下。老潘还有些高兴，心想总算还有人并不怕他会有什么想法而没有到街上去上公共厕所。老潘在老裴旁边蹲着，对老裴不自然地笑笑，说："老裴，你也——"他想说"你也来拉屎呀"，就像去开会见了熟人说"你也来开会呀"之类的寒暄。但拉屎的话不好问候，老潘就咽了回去没说。老潘对老裴一笑，老裴马上更客气地对老潘堆起笑来，说："老潘，你也——"老裴也想说同样的话，也同样不好说，也就同样不说了。两人蹲着，相互不自然地堆起笑，却又彼此无话，都尴尬得要命。老裴先方便完了，系好裤子先站起来，老潘暗暗松了口气。老裴却还不走，站着，仍旧对老潘不自然地笑，笑得老潘更不自然了。老裴突然攀上了窗台，把高处长期关着的气窗推开了，对老潘说："屋里味道不好，你透透气。"老潘一下受宠若惊，不知讲什么好了："唉呀老裴，你这——"老裴说："没关系的，没关系的。"老裴打开了窗子还是不走，拧开水龙头洗手，且反复地洗，磨蹭着时间，一双手洗了有一辈子那么长。老潘忍不住问："老裴，你有事呀？"老裴说："没事，没事。"继续洗手，同时不时扭头对老潘客气地笑一下。老潘万分地不自然了，赶紧结束方便要站起来。老裴一见老潘方便完了，赶紧把湿手在衣服上蹭蹭，掏出一叠手纸走过来递给老潘，说："老潘，来，用这个。"老潘怔住了：原来老裴进厕所且磨蹭着不走是等着给他送手纸。老潘真是不知说什么好了。

两人走出厕所，老裴鼓足勇气说："潘，潘主任——"老裴话一出口，就被他从未对老潘说过的这句称谓搞得面红耳赤。老潘也被老裴叫得一时懵了："啊？什，什么？"

老裴涨红着脸说："潘主任，就是，就是我家房子的事。我这么些年就住两间很小的平房。现在我儿子女儿都大了,两人还挤在一间屋里。我实在是没办法才来求您的。下回单位再分房子,潘主任,您千万得关照我一下!"

老潘懵懂地说:"啊?哦,行,行。"

老裴千恩万谢地走了。

老潘望着老裴恭顺地离去,才开始感觉到自己如今的身份是不一样了。他不再是过去在仓库只管着黄豆、面粉和被服器材那个时候了。如今他这个主任管钱、管物、管车、管分房子、管医药费的批条报销,连谁家要安个门窗玻璃修个马桶什么的都管,哪一项都足能让单位的人对他恭敬着点儿。他的态度和情绪在里面起着不小的作用。就像小商说的:单位的人全都得考虑考虑他老潘对他们会有什么想法!

老潘不禁感慨万千,想到这些年自己受的气,一股情绪涌上来,久久萦绕在怀。第二天,老潘上班,脱了外衣习惯地又要去给各科室打开水,忽一想:去他妈的吧!今天老子也要使唤使唤你们!也让你们伺候伺候。老潘这么一想就走出门去,在走廊上随便叫住一个来上班的,鼓足勇气说:"哎,那个谁,你给我去打瓶开水来,再给我去买份早点。"

老潘说完脸都红了,马上就后悔得要命,立刻想向对方道歉,可对方已经下楼去了。

被老潘叫住的恰好就是老裴。老裴挺高兴地去给老潘打来了两瓶开水,而且果然给老潘买来早点:两个夹着牛肉的烧饼。当地人把这种西北吃食叫做"肉夹馍"。老潘万分歉疚地要给老裴钱,老裴却死活按住老潘掏兜的手,脸都急白了,说老潘要是给钱就是看不起他!老潘只好"看得起"老裴一回,让老裴白白送两个肉夹馍走了。

小商在旁边看到了这一幕,在老裴走后对老潘说:"潘主任,你这就对了。"

老潘又莫名其妙:"什么这就对了?"

小商说:"你这就正常了。"

老潘苦笑不迭,心想:这就是说我过去打开水扫厕所不摆官架子倒是不正常的了?

小商也不再跟老潘说什么,就自己做主把

老潘撤出去的地毯和沙发又搬了回来，堂堂皇皇地又在办公室里铺摆上。老潘还是有点胆怯，想让小商搬走，后来又一想：妈的！我就摆他一回官架子又怎么样呢？老潘就憋着一股情绪把地毯和沙发留下了。后来老潘在办公室里走道，脚踩在地毯上软软的，脚底下感觉怪舒服，也有点舍不得再搬走了。再后来老潘仔细留意单位的人进进出出他的办公室，也没有谁觉得他老潘在这铺着地毯的办公室里办公有什么不对。计财科当年和老李睡过觉的小王还说："潘主任，您这沙发还应该再有几个皮靠垫就配套了。"小王这么一讲其他人也说对，说这么好的沙发没有靠垫确实不配套。还有人说潘主任您这屋里应该再买几盆那种大的铁树或者巴西木或者发财树摆上才气派哪，要不可惜这纯毛地毯了。老潘见大家都这样说，渐渐也就心安了，踩着地毯坐着沙发也不再犯怵。后来老潘就习惯每天一进办公室就把鞋脱了，光脚踩在地毯上走来走去，让那种舒服的感觉从脚底一直弥漫到全身。不过什么皮靠垫和发财树老潘绝不敢让财务开支票去买来摆上，一来这是违反财务制度的，二来他敢把前任的排场留下来享用就已经够胆大的了，哪还敢为自己添置新的行头。

老刘一直观察着老潘，什么也不说。等老潘渐渐习惯于办公室的地毯沙发，开始习惯于让别人去给他打开水，同时开始挺舒服地听着单位的人都用恭敬的态度来跟他讲话，老刘才来找老潘谈话。

老刘说："老潘，怎么样？"老刘问老潘的时候还用脚踩踩那柔软的纯毛地毯。

老潘说："挺好的，挺好的。"老潘想对老刘说句感谢的话，这一切都是老刘给他带来的。不过老潘觉得当面说感激涕零的话有点庸俗。做人显得不实在，就没有说。他还是想实实在在地干好工作来报答老刘和组织。

老刘从老潘的眼神里看出了老潘的感激，就不跟老潘客套，开始直截了当地盼咐老潘去做事，说："老潘，你去给我搞点茶叶来喝。还有，我小孩要复习考大学，那个辅导他的老师也爱喝茶,你给他也搞一点,搞个四五斤吧。要好茶叶哦!"

老潘为难了。好茶叶,那就是杭州龙井,君山毛尖之类,现在市价都是八九百块、一千多块钱一斤,这财务上怎么走账呢?老潘想了一天不知该怎么办,就老老实实地去问老刘。

老潘说:"刘局长,买茶叶,这个……这财务上账怎么做?"

老刘生气了,说:"我知道怎么走账?我要知道怎么走账我还要你干什么?!"

老潘不敢再问了,只好自己想办法。小商见老潘发愁的样子就笑,说:"潘主任,你真是个老实人!"小商说办法多得是,买茶叶开发票你就开成办公用品,让财务报账就行了;过去张主任给李局长买茶叶买雀巢咖啡都是这么报账的。你就交给我去办吧!老潘有点不相信,说:"商店能给开成办公用品吗?那不都是国家的商店吗?"小商说:"还什么'国家的商店'!商店现在为挣钱都活泛极了,你掏钱买货,你让他开成航空母舰他都给你开!"

老潘还是迟迟疑疑地不敢点头同意，心想这样欺骗组织总是不好。拖了几天，老潘见老刘脸子越吊越长，没法了，就一横心，让小商去商店买了五斤杭州龙井茶，开成购买办公椅和卫生痰盂的发票。他给老刘送了去，老刘脸子才不吊了。老刘分出一斤茶叶来，对老潘说："老潘，这一斤茶叶你拿去喝。"

老潘慌忙摆手："我不要，我不要！"

老刘又生气了，说："老潘你看你这个人！你是不是觉得这是犯错误的事，你让我犯错误，你自己不沾？你什么意思嘛！你是不是还想对我防着一手？老潘，你要是真的还想对我防着一手，你说我以后还怎么敢用你？"

老潘只好接了过来。接了过来他也不敢拿回家去自己喝。这杭州龙井茶一千二百多块钱一斤哪！老潘参加工作几十年了，在他的意识里，公家的东西他是寸草都不敢沾的，何况是这么贵重的东西。老潘背着老刘把这一斤茶叶悄悄拿到商店去退了，退还的钱他交给小商，让小商拿到财务上去入账。小商惊愕得小眼圆瞪,说:"潘主任您真是什么也不懂吗?买茶叶的这笔开支,财务已经按购入办公用品做了账了,您把其中的一千多块再退回去,怎么退?这钱算什么钱?财务上怎么走账?"老潘说:"这么说退都退不回去了?"小商:"退不回去了!这是制度。"老潘瞪大眼说:"制度?!"小商说:"当然是制度!说白一点,制度规定这钱就得您自己花了。"老潘说:"我怎么敢花哪!我已经把茶叶退了呀,那你说这钱现在咋办呢?"小商说:"您哪,只有把茶叶再去买回来,把它喝了。要不您揣着这钱就是贪污公款。"老潘吓了一跳,想想小商说的,也确实是这个道理。贪污公款老潘更是绝对不敢。他只好去商店把那一斤茶叶再买回来。卖茶叶的小姑娘怪怪地瞧着老潘,觉得这个老头,买了又退,退了又买,有病呀!

老潘把茶叶买了回来,还是不敢自己拿回家去喝。老潘说:"小商,要不,这茶叶你拿去喝吧。"小商挺高兴,一千多块钱的顶级龙井茶,平时他一年半载也喝不上一回。但小商说:"潘主任,这茶叶,您拿,我就拿。您不拿,我也不拿。"老潘犯难地说:"哎呀,小商,我是领导我不能拿!你拿去喝吧。是我叫你拿的。我不会怪你。"小商还是不拿。沉默了一会儿,他对老潘说:"潘主任,我看您也是个诚实人,我也对您说实话吧。我说实话您也别生气。过去人论关系都讲铁哥们儿,说要办事就得把关系搞铁了,现在人都不说这个了,现在都说要办事就得把关系搞黑了。一件事,你的利益我的利益都得搅和在一起,要犯了事,跑不了你,也跑不了我。关系得搞黑了,共事才能牢靠。所以说,潘主任,这龙井茶是好东西,但您不拿,我是绝对不拿的。"老潘让小商"开导"得半天说不出话来,心想这社会都乱七八糟成什么样了!这都是什么呀?!小商见老潘不吭气了,就动手把茶叶分成两份,给老潘的一份多一些,用报纸包了,给老潘放进提包里,又把自己的一份放进自己的提包,然后瞧着老潘的脸色说:"潘主任,茶叶我可给您放提包里了。我先走了?"老潘还是不说话。小商就站着不走,一定要等老潘说话。老潘只好说:"那你……走吧。"小商高高兴兴地提着包走了。老潘也只好把茶叶留下了。不过他还是不敢拿回家去。他怕拿回家去让孩子们看见他拿公家这么贵重的东西对孩子们影响不好。老潘把茶叶悄悄锁进自己的办公桌里,平时办公室里没人了,才偷偷拿出来泡上一杯喝。

茶真是好茶。一倒上开水,茶叶就在茶杯里根根漂立,不像老潘平时喝的那种一块多钱一两的陕青茶,倒上开水,茶叶就在茶杯里浑浊地窝着。老潘喝过几次后,觉得味道实在是好,喝这种茶真是享受,一辈子不喝一回真是亏了。老潘不禁有些凄凉,想到光是靠国家给他的工资,他哪能喝上这么好的茶!难道一个干部非要靠贪污,这辈子才能喝一回好茶吗?

老刘来老潘的办公室交代事情,见老潘的茶杯里也泡上了龙井,笑了,说:"老潘,这茶叶味道怎么样?"

老潘顿时像做了贼似的脸红了,看看左右无人,才低声说:"挺好的,挺好的。"

老刘哈哈大笑，拍着老潘的肩膀说："老潘你看你吓的，你还真是个好人！"老潘脸更红了，只有愧笑。

老潘和老刘的关系就更密切了起来。老刘想要什么东西，都让老潘去搞。老刘除了喝茶还要抽烟，于是老潘每个月都还要给老刘去搞烟，发票开的还是办公用品。老潘买来烟后，老刘总要甩给老潘一条半条的。老潘如果不要，老刘就要生气。老潘就只有接过来，把烟和茶叶一起锁在办公桌的抽屉里，没人的时候才偷偷拿出来抽。烟自然也是好烟，老刘只抽红塔山，用老刘自己的话来说，他是"塔山不倒"，一直要抽到退休。老刘说他退休以后再抽那种两三块一盒的次烟，领导退休以后再抽好烟就不可能有地方报销了。老潘沾老刘的光抽着红塔山，心里又是很多感慨，想想现在老百姓说的话确实有点道理：现在抽好烟的都是自己不买烟的。老百姓还说了很多更难听的，都是不能见报的。

老刘年龄到了，当局长是最后一届，干完

这届就要退。老刘想抓紧时间把自己的事办一办。抽点烟喝点茶都是小事，老刘最主要的是想给儿子结婚搞套房子，再给闺女也搞一套。闺女还在上中学，先给她预备着。这种事老刘也让老潘去办。搞房子可不像买烟买茶叶，买套房子要十几二十万块钱哪！发票总不能开办公用品吧？老潘简直有点恨老刘了，觉得老刘真是把共产党当成亲爹娘了，什么东西都不客气地到爹娘口袋里去掏。老潘有情绪，就拖着不给老刘办。老刘脸子又吊长了。老潘每天胆怯地瞧着老刘的脸色但还是硬拖着不给老刘的儿子闺女买房。老刘急了，把老潘叫到办公室，说："老潘，你干脆说一句话，办，还是不办？"老刘说话的时候眼神像刀子一样朝老潘剜过来。老潘一下软了。那一瞬间他想到了自己的历史污点问题，顿时像条虫似的让老刘捏住了。老潘嗫嚅地说：我没说不办呀。

　　老潘只好让财务开支票在市里的"灵湖"住宅小区买了一套三居室的房子。但老潘没有让老刘的儿子闺女去住，而是把房子给了单位住宅最困难的老裴，把老裴腾出来的旧房子给了老刘的儿子结婚。至于老刘闺女的房，老潘还想给他再拖一拖：单位里有些老工程师干到头发都花白了全家才住着一间半房子，老刘那个黄毛丫头才十五岁，要真给她买了房，老百姓还不恨死共产党了！

老潘这样安排后良心上才稍稍安了些。然后老潘想办法找些理由去给老刘解释，说："刘局长，我这样做也是为你着想。单位好多人住房都紧张，咱们孩子一下住这么大的房子，我怕有人到处去告你，对你不好。至于咱闺女，我想先缓一步，一下给孩子们搞两套房子动静也太大了。"老刘很不高兴。但事情已经这样了，老潘毕竟还是给他搞了一套房子。老刘就说："总不能叫孩子在个破房子里结婚吧？老潘你再想办法给装修一下吧。"老潘心里叫苦不迭，但他不敢再给老刘拖着不办，怕把老刘真惹毛了。老潘就带上小商雇了装修队去给老刘的儿子贴壁纸、铺地砖、包阳台……钱像流水一样地花出去，发票开的是房屋维修费。老刘的儿子又提出要在客厅搞一个小吧台,说现在家庭装修兴的就是这个。老潘的火一下就蹿了上来,在心里骂道:"我操!……"嘴上却笑道:"好,好,年轻人赶新潮,你潘叔就给你搞一个。"就又给老刘的儿子安装了一个吧台,连工带料又花了三千多。老刘的儿子真高兴,把老刘领来看新房,说:老爸你提拔潘叔真是提拔对了。潘叔这人绝对不含糊,关键时刻为朋友的事情真敢花共党的钱!你看这钱花到了装修出来的效果就是不一样。说得老潘的脸一阵一阵发烧,讪笑地说:"嗨,我和你爸那是啥关系。"老刘见儿子说得难听,板起脸来斥骂儿子道:"小孩子家胡说什么!什么'共党'!"儿子嘟囔说:"我说的是实话嘛。"老刘也不是真骂儿子,见房子装修得漂亮,心里也和儿子一样高兴。看完了房子,老刘手搭在老潘的肩膀上,搂着老潘往外走,说:"老潘,为孩子的事你真是辛苦了。咱俩之间就啥也不说了!"老潘让老刘搂着,他感觉自己就像老刘的一条狗,被老刘像牵着狗绳一样地牵着走,胃里又像吃多了海带丝，但嘴里却说："咱们之间还说啥呢，啥都不说了，啥都不说了。"

老潘总给老刘办事，相互之间缠得越来越紧，渐渐也就麻木了。老潘当了办公室主任之后，和外面打交道的机会多了，慢慢也就了解到现在好多单位都这样。一个领导班子开会，大家坐在一起，掏出来的烟都是"红塔山"、"玉溪"、"中华"什么的。谁都知道这么贵的烟绝不可能是领导们自己掏钱买的，谁都不说。社会好像已经无可奈何地默认了这种已经是太普遍的小的腐败现象的合法存在。任何一个干部都知道抽几条烟喝几瓶酒是绝不会被立案审查的，于是纷纷"何乐而不为"。老潘处在这样一个环境里，也就慢慢习惯了每月给老刘搞烟搞茶叶也包括给老刘的儿子搞房子这种事情。人总是在大环境中被塑造和更新的。老潘再干这种事情心态也平静了，不再提心吊胆。老刘半开玩笑地对老潘说："老潘你可以了。干部就是锻炼出来的。"

可是老潘总也赶不上老刘的思想解放程

度。老刘后来干的事又让老潘提心吊胆了,继而又感到愤怒。老潘甚至有好几次很冲动地想撕破了脸跟老刘吵,哪怕老刘把他这个主任给撤了。

老刘也在单位里挂了个女人。

五

让老潘生气的是老刘也让他为这个女人花单位的钱。那女人姓赵,是个学建筑的大学生,毕业分到单位来没多长时间,还没结婚。照老潘的审美标准看来赵长得很一般,就是比较丰满一些。可老刘就是看上她的丰满了。老刘看上赵之后就把她从下面的施工队调到机关来,好有机会对她下手。赵根本不怕老刘对她下手,甚至希望局长能早点对她下手。现在的大学生思想都解放得很,也很实用。赵反而主动贴近老刘,整天"刘局长刘局长"地叫得很甜,叫得老刘心花怒放。有一天老刘就在办公室把小赵抱住了,褪下了她的裤子。完事后,小赵哭了，不再叫"刘局长"而直接叫老刘的名字："刘生茂，你把我搞了，你要负责。"老刘说："我负责，我负责！"从此老刘就很负责地对待小赵，分房子、评职称什么的，老刘都让老潘给小赵去办。老刘还问小赵入党不？要想入党就把她入了。

小赵却不入。小赵说："都什么年代了，入什么党呀，你不如让办公室多给我报销点医药费哩。"老刘就让老潘给小赵多报医药费。单位实行医药费控制，每个职工每年最多报一百二十块钱。小赵拿来一大堆收据让老潘报。老潘不报。小赵转身就去找老刘，往老刘怀里一偎，抽抽咽咽的。老刘就来找老潘。老潘只好咬着牙给小赵报了。

小赵还想沾老刘的光出去玩。小赵想去桂林，就缠磨着老刘要去。老刘想想出去也好，在本地熟人多耳目杂，老婆也在跟前，他想和小赵睡觉也不方便，出去就不怕了。老刘就带上小赵和老潘去桂林。老刘之所以要带上老潘，一是可以在单位避避闲话，二来带上老潘这个办公室主任花费点什么也好报销。在桂林，老刘和小赵到处去玩，老潘就陪着，买胶卷买饭买饮料，都是老潘的事。到了晚上，三个人宾馆登了两间房子，老潘和老刘一间，小赵一间。宾馆规定没结婚证不让男女在一起住。老刘洗过澡后就溜到小赵那里去和小赵睡觉，扔下老潘一个人在屋里看电视。每天快半夜了老刘才摸回来。看着老刘春风得意的样子，而且也不管他老潘会怎么想，老潘心里越发不是滋味。

　　有一天晚上老刘又去和小赵睡觉。可是没过多久老刘又跑回来了，神色匆匆，非常不好意思地对老潘说："老潘，帮个忙！小赵——"老刘顿住，很难启口，但最后还是涩笑着说了："小赵晕过去了。我估计可能是白天玩得有点中暑，我也没在意。我刚——嗨，反正就是和她做那个事吧，她一下就不行了。老潘你赶紧上街给我去买点药，十滴水人丹什么的。我得回去拿凉水给她敷敷。"老刘说完匆匆走了。

　　老潘血一下涌到脑子里，感到屈辱得要命，心里骂道："妈的老刘，你把我当成什么人！

我操你八辈儿祖宗!"老潘愤怒地奔出去,但他没有去买药,就在桂林的街上站着。老潘想:我才不管哪!你们俩日死一个才好!日死一个我看你老刘怎么收拾!"

最后还是老刘自己去买了药。老刘问老潘为啥不去买药,老潘没好气地说:"我也中暑了!"

从桂林回来,老潘就不想理老刘,对老刘很冷淡。老刘看出老潘对他的冷淡来,就叫老潘到他的办公室去,他要跟老潘谈一谈。

老潘坐着不动,说:"我正忙着哩。"

老刘压着火气说:"你跟我来吧,我有件事要跟你说。"

老潘就犟着劲儿跟老刘去了。

进了屋,老刘坐下,看着老潘。老潘却不看老刘,歪坐在沙发上,低头在茶几上摆着几根火柴棍,摆个五角星,又摆个四边形,就是不跟老刘说话。

老刘看着老潘这副故意跟他别扭的样子,开口说道:"是这么回事,咱们单位,老李不是走了吗，他这一走就缺个副局长。我考虑很久了，想把你报上去，顶老李，把你提起来当副局长。今天我想征求一下你的意见。"

老潘脑子"轰"的一下，血又涌上了头。他抬头看老刘，老刘正似笑非笑地看着他。老潘又不知说什么好了，愣愣地说不出话来。老刘说："你是不是忙呀？要忙你先忙去。"老潘脑子里嗡嗡的，满脑子都是老刘要提他当副局长的话，心里狂跳，激动不已，嘴里就稀里糊涂脱口说："不忙，不忙！"身子也下意识地坐端正了。

老刘这才发火了，狠劲拍了一下桌子道："不忙你刚才给我瞎扯那鸡巴蛋干什么！跟你说个话你带搭不理地玩火柴棍，叫你办个事你也不办，我看你最近有点牛逼哦！老潘我今天跟你说清楚，以后你要好好配合我工作，要摆正你的位置！下星期你跟我去趟组织部，先找李部长谈谈，让李部长先对你有个印象，听见了吗？"

老潘嗫嚅地说听见了，悄悄把火柴棍捏起

来团在掌心里，再不敢跟老刘耍脾气。

老潘又一次让老刘拿住了。

老刘还果真带老潘去了组织部。不久，单位的人都知道老潘要提副局长了，惊叹之余，再见老潘时，都更加显出谦恭来。连各科室的科长们也到老潘这来走动。先是设备科的老关提了两瓶茅台上老潘家去，死说活说非要老潘收下。其他的科长们听说老关给老潘送酒了，都撇嘴，说关胖子这人真是条狗，看谁得势巴结谁。后来骂关胖子最凶的老齐也上老潘家来了，给老潘送来了四瓶茅台。大家听说后又都骂老齐，说老齐也是个溜尻子拍马屁的货。接着安全科的老肖也悄悄上老潘家来了，据说老肖送的东西重得网兜绳把手指都勒出了印。大家听说老肖也去了，就都不再骂了，想到现在人心隔肚皮，万一到最后大家都去了惟独自己不去老潘会是个什么想法？于是都分别悄悄到老潘家去拜访。来的时候都没空着手。宣传科的小姜还特地给老潘的爱人送了一台"颈复康"治疗仪。小姜细致到打听出老潘的老婆颈部骨质增生，就买了送来了。小姜放下治疗仪说："老潘，我这可是给嫂子的，不关你的事。"老潘望着小姜笑容可掬的脸不禁感慨万千，心想小姜才二十三岁就能当上宣传科科长，确实不是没道理的！

老潘的老婆从来没见过自己的男人这么风光，还有人给她这个家属送礼，把她也当成个什么尊贵人看待，不禁激动得哭了，对潘建军等几个孩子说："我早说过你们的爸是个有本事的。你看，你看，这不应了我的话了！好好跟你们的爸学本事，有本事的人几十年也压不住！"老潘的孙子潘冉那年十岁了，上三年级，到学校跟同学显摆，说："我爷爷特牛逼！我们家香蕉多得吃不完。我健力宝喝得都不爱喝了！"还把一帮同学领到家里来吃香蕉喝汽水。那些送的水果和饮料也确实多得吃不完，不吃都坏了。潘冉也因此在班里成了大王，小朋友都开始巴结他，想跟着潘冉蹭吃蹭喝。老潘见老婆和孩子们在人前活得神气，自己也挺自豪，觉得总算是对得起这个家了，从此在家里就更具威严，下了班就往沙发上一躺，等待家人来尽孝道。家里人也更加敬重老潘，老潘一进家门，全家人都赶紧给他沏茶倒水端菜盛饭，连潘冉都知道赶紧去给爷爷把拖鞋拿来换上。老潘是全家人的皇上，八面威风。

这些老刘都知道了。老刘见了老潘，笑嘻嘻地说："老潘，要当局长了，感觉不一样了吧？这些天是不是有不少人给你去遛尻子送礼了？"

老潘脸红了，说："就几瓶酒，几瓶酒。"

老刘看着老潘羞惭的样子哈哈大笑，说："老潘，叫你老婆炒几个菜，我到你家去喝酒！"

老潘赶忙说行行行，欢迎！

老刘来家喝酒的那天，老潘特地把几个儿子儿媳妇都叫回来，让他们帮着老婆一起弄菜，要保证让老刘吃好喝好。菜端上桌后，老刘端起酒杯对老潘说："你那个事，组织部大概过了年不久就能批下来，来，我们局长副局长先喝一杯！"老潘手抖颤颤地端起杯和老刘碰了，不知讲什么好，只是说："刘局长，您吃菜，您吃菜！"

全家人侍立一旁，人人都像喝了酒一样地兴奋，为当家的骄傲不已。那天老刘挺高兴，酒一下喝多了，话也多了起来，口无遮拦，什么事都说，连他和小赵的事都说了。老刘说小赵早就不是处女了，他第一次和小赵睡觉就知道了。小赵还大呼小叫地说她疼，疼个屁！都是装的。说得几个儿媳妇羞臊得呆不下去，但又不敢走，怕走了老刘不高兴。老潘作为长辈更是尴尬得要命，又不敢去捂老刘的嘴，只有一个劲儿地打岔，频频劝老刘喝酒。结果老刘越发喝得多，就越发显出醉态来，口中就越发肆无忌惮。

后来老刘就说到了他这次之所以要提拔老潘的事。老刘舌头都大了，说："老潘，你说，现在提拔干部，要看，看什么？"老潘说："这个嘛，要知识化，专业化，还要思想作风好。"老刘像个鸭子一样地笑起来，说："你，说的都是，是社论！现在又不是开会，你给我讲官话干，干什么？你虚伪！"老潘改口："那要提跟自己关系好的?"老刘说:"屁!屁屁屁!现在哪有关系好的?现在人跟人,都,都是利益关系。什么关系好,都是,是假的!"老潘说:"那你说提什么样的?"老刘一指老潘说:"就提你,你这样的!"老潘惊愕地问:"我这样的是啥样的?"老刘依旧醉愣愣地指着老潘说:"有污点的,有把柄的,要抓住!抓住一个干部的把柄,你再提拔他,这样的干部,就能像,像狗一样地听你的话!就是你,你这样的!"老潘脸一下白了,不禁回头看看老婆和儿子媳妇们。老婆和孩子们都不自然地避开脸去。老刘还在说:"老潘,你说,我让你干啥,你,敢不干?"老潘讪笑着说:"刘局长,你喝多了,你喝点茶吧。"老刘却一把打掉老潘递过来的茶杯,说:"我,不喝茶!你说,是,不是?!"老潘只好说:"……是。"老刘笑了,说:"对,对嘛。比如说,这,这个,"老刘顺手拿起桌上的一个大玻璃烟灰缸,"这个烟灰缸,我想在你头上敲,敲一下,你敢,敢不让我敲?来,让我敲一下!"老潘苦笑不迭，说："刘局长，你真醉了，你躺一会儿吧？"老刘却固执地举着烟灰缸，说："不！你让我敲一下！你头伸，伸过来！你伸，伸不伸过来？！"老潘脸变得煞白。全家人都屏住呼吸沉默着，看着当家的。连潘冉都不敢出声地看着爷爷。老潘最后眼一闭，头朝老刘伸了过去。老刘在老潘头上敲了一下，然后彻底醉了，吐了一地。

老刘走后，老潘如一尊石雕般地默坐着。全家人都低头轻手轻脚地收拾残羹剩菜，谁都不敢看老潘一眼。老潘从此再不跟家里人讲话，尤其不跟孩子们讲话。老刘的这一敲，让老潘觉得在孩子们面前再抬不起头来。

老潘从此开始变了。

六

单位的人都说老潘开始变坏了。

老潘做官开始做得很恶。底下的人来找老潘办事，老潘一张脸总是阴阴冷冷的，态度很不好，且百般刁难，能不给人方便就尽量不给人方便。看着单位的人为报销一张医药费收据或者想住一间房子三番五次来乞求，老潘心里竟莫名其妙地感到快意，觉得自己也好像拿着烟灰缸在这些人的头上狠狠敲了一下，洗刷掉了一些老刘给他的羞辱。单位的人都开始惧怕老潘，人们见了老潘更加恭敬，同时在背后都咬牙切齿地骂老潘，说老潘不得好死！

老潘都知道。老潘知道别人在背后骂他也不生气。老潘心想：你们爱在背后操我的祖宗就操去，反正你们当面见了我就像见了你们的祖宗，一副孙子样！现在人神气就神气在当面。现在全中国还能找出来一个不在背后挨别人骂的人吗？背后挨骂很正常，不算什么。老潘渐渐也能理解现在社会上人人都在骂的那些"门难进、脸难看、事难办"的三难干部了，他们长年坐在机关里，也是坐得可怜，为了提拔、职称、住房或者安排子女就业什么的，要小小心心地看上面的脸色。他们在上面受了气，只有朝下面发泄，找回一些心理平衡来，不然就要憋死。老潘因此觉得官僚主义也是可以理解的。

惟独对老刘,老潘继续谦恭着。老刘要提他当副局长,他不能把老刘惹毛了。

那一年过春节,大年二十九,老刘来找老潘,说他要去看一位老领导,让老潘买五斤苹果、五斤猪肉、十斤白面、十斤大米,还有大葱芫荽生姜紫蒜什么的,再买一些药,什么感冒通去痛片牛黄解毒丸之类的家庭常备药品,给老领导拜个早年去。

老潘有些惊讶,说:"刘局长,你的老领导,那是高干了呀,过年就送这些东西?最差也得买些对虾、海鱼,起码送两瓶茅台吧。你送些猪肉白面大葱,还有感冒通,这不成了访贫问苦了吗?"

老刘说:"嗨,你不了解情况,差不多就是访贫问苦。这些东西现在对他来说就是最好的了。你就去买吧。"

老潘就不再问,从财务上拿钱买了一堆不值钱的东西,临了还在菜市场拣了一个破筐,把大葱生姜芫荽紫蒜这些零七碎八不好拿的装了一筐，和老刘两个人坐车去了。

老领导的住房倒是好，按厅局级待遇配的一幢二层小楼，还有一个小院子，种着一棵丁香树和一棵紫槐。老刘和老潘把东西抬进屋，老潘发现屋里却是寒酸：家具都是七十年代的，有一个七十年代时兴过的五斗橱摆在客厅里，有一台黑白电视，还有两个人造革的沙发，再就没什么东西了。只有一个轮椅是现在的，有六七成新。老领导患了脑溢血，抢救过来之后半边身子瘫了，话也不会说了，后来打针吃药做气功，慢慢恢复到能在屋里扶着墙走几步，如果想出门晒晒太阳，就只能坐轮椅了。

老领导的老伴，老刘喊她柳大姐。柳大姐看到送来的猪肉白面大葱，高兴得眼泪汪汪，"小刘，"柳大姐喊老刘小刘，"你有良心！"抹去泪，连几句稍稍推辞的客气话也不说，就往厨房里抱。老刘和老潘帮她抱。抱着搬着的过程中，有几棵葱散掉在地上，老潘一看那几棵冬葱叶都枯了，就顺势一脚把它们踢到墙角去，墙角那里有一小堆扫起来堆在那里的垃圾。

柳大姐看见了，忙不迭地跑过去，从垃圾堆里把那几棵葱捡起来，像捡了人参似的吹掉上面的土，把它放回厨房，还埋怨老潘说："这都是拿钱买的！"

搬完了东西，老刘说："柳大姐，你看过年还缺啥不？缺啥我再去买。"

柳大姐说："小刘，你要能再顺便给大姐捎点酱油醋来就好了，过年包饺子好调馅。"

老刘就对老潘说："老潘你记住，一会儿再去给大姐买五斤酱油，五斤醋，再买几斤盐。"

老潘心想怎么日子都过到这个份上了，一个厅局长连个酱油醋和盐都买不起？！老潘忍不住问："柳大姐，平时你们不吃酱油醋的？"柳大姐明白老潘话里的意思，脸一红，尴尬地说："那倒不是。我是说你们要能顺便捎来就更好了。要不，我不是还得花钱嘛。"

接着柳大姐又眼泪汪汪了，跟老刘说现在家里的钱真是紧张死了！老宋（老领导姓宋）看病都花了九万多块十万块钱了。老宋的单位还不错，很照顾退下来的老领导，尽量想办法给报销。可单位现在也是穷得没办法，经费紧张到一个厅局级单位只保留两部电话，一部厅长书记用，一部传达室公用。单位像老宋这样退下来的老干部还有不少，都是老头老太太，身体里的零件都坏了，都得看病花钱。单位月月都得向卫生厅打报告要求追加老干部的医药费，可卫生厅管着十几万几十万上百万大小干部，全中国有几千万！整个中国现在就是一个吃饭财政，哪里还有钱月月给你追加！单位只好对老干部们说各人的医药费各人先挂着账，等什么时候有钱了一定给大家报。柳大姐说她家都挂了五万多块钱的账报不了了。可还得继续花钱给老宋看病。现在医院看病真是贵极了！随便看个小病都得花几十块上百块。医院如果继续这么只顾自己挣钱昂贵下去，总有一天会闹出人命来！中国现在看不起病的人真是太多太多了。柳大姐说她和老宋的工资月月都花得精光。月月都得找熟人借钱。她已经是借得不好意思去借了。而且现在就是不好意思厚着脸皮去借也借不来了：熟人都开始躲她了，不借给她了。家里平时日子过得真是可怜，买盐都买粗粒的大盐，回来用擀面杖碾碎了吃，那种袋装的精制盐根本不敢买。

突然门口"咣当"一声，有什么东西碰倒了。老潘和老刘回头一看：老领导扶着墙颤巍巍地挪到厨房来了，碰翻了一个洗菜盆。老领导脸吊着，指着猪肉白面大葱苹果呜哩哇啦说了一通什么，很严厉的样子。老刘和老潘听不懂，回头看柳大姐。柳大姐翻译道：老宋是问这些东西是不是用公款买的，要是用公款买的就赶紧给他拿回去，姓宋的饿死也不能给共产党脸上抹黑！

柳大姐扶住老领导说："不是用公款买的！是小刘看过年了，自己买了东西来看你。你想现在用公款请客送礼谁还送猪肉白面？又不是解放战争那个时候了。"老刘也忙说："是啊，是啊，宋厅长，送点猪肉白面给您包饺子吃！"

老潘也说："给老首长您包饺子吃啊！"

老领导笑了。他半边脸麻木着，一笑就有

些僵硬，口水从闭拢不严的嘴角流出来滴到前襟上，柳大姐在前襟上给他系了个小孩围嘴。老领导又呜哩哇啦说了一些什么，柳大姐翻译道：老宋问有没有酒？吃饺子没酒，不香。他有好些年没喝过酒了。

老潘一阵心酸，这回不等老刘发话他抢着说："有有有，肯定让老领导过年喝上酒！"他心想回去马上让财务开支票买几瓶好酒送来，而且就买茅台！老潘动了一点感情，和老刘两个把老领导扶到客厅坐下说话，柳大姐陪着翻译。

老领导的儿子和儿媳妇回来了。媳妇怀里抱着一个小孩子，孩子很脏，脸上身上都是疯玩沾上的土，拿着一根劣质的冰棍儿在吃。媳妇一边给孩子拍着土，一边对老刘和老潘局促地笑笑，就进里屋去了。儿子是认得老刘的，喊了一声"刘叔叔"，却不知再说些什么，就也局促地笑笑，随媳妇去了。这儿子木讷。老潘看见他提着孩子一路跑丢的一只鞋。老潘找话对老领导和柳大姐说："现在幼儿园也是越办越不像话了,小孩子玩得浑身都是土,鞋掉了阿姨也不管。"

老领导却脸沉沉地不说话。柳大姐叹了口气说:"小孩子没有送幼儿园。没钱送。宋新和他媳妇都下岗了,厂里每月只发给他们七十块钱的生活费,让自谋生路。宋新和他媳妇现在买套工具在马路上学着给人修自行车,小孩子就放在马路上让自己去玩,有一回差点让汽车压着。"柳大姐说着又要抹泪。老刘说:"七十块钱?现在吃饭都成问题呀!"柳大姐说:"可不是嘛。宋新和他媳妇只好回家来吃。我这里吃几天,再到他老丈人家吃几天。小刘你说这么下去算是怎么个事呢!"老刘说:"你想办法给宋新调个能发工资的单位嘛。"柳大姐说:"小刘,宋新调你的单位行不行?大姐我今天求你了!"老刘说:"大姐,宋厅长是我的老领导,但凡有一点可能,我不帮忙我是个王八蛋!可我的单位小,编制早就满满的了。你让宋厅长给李克写个条子嘛。李克管着那么大的一个化肥厂,调个把人绝对没问题。

李克这个厂长当年不是宋厅长提拔他,他当个屁!大姐你让宋厅长写条子。"柳大姐说:"我说过了,老宋他不写!"老刘惊愕地问:"为什么?"柳大姐没好气地说:"你问他!"老刘和老潘都看着老领导。老领导不说话,脸憋得通红,最后憋不住了,呜哩哇啦地嚷起来,还很生气地拍了一下茶几,把茶杯都拍到地下摔碎了。老潘和老刘自然又是听不懂,柳大姐苦笑着翻译道:老宋说他死也不去开后门。开后门不是共产党员干的事!老宋说就让宋新去锻炼。七十块钱怎么了?比旧社会强多了!一九三九年他揣着老娘给的五角钱毫子就去当了八路。一直到一九五五年供给制结束,共产党没给他发过一分钱。他还不是照样干革命!要革命就不要怕吃苦!

老领导听柳大姐翻译完,嗓子里迸出了一个能让老刘和老潘都听懂的单词:"对!"又说,"很对!"

柳大姐说:"好,好,你革命,都这个样子了你还革命得不行。"

老领导呜哩哇啦大嚷起来，这回是真气坏了，脖子上的青筋蹦出老高，手都气得抽搐。柳大姐不敢说了，悄悄地抹着泪。老潘和老刘赶忙去劝。老刘说："不说这个了，不说这个了，咱们今天是来给老厅长包过年饺子的。老潘，你和柳大姐去厨房剁馅和面，我陪宋厅长说说话。老潘你快去！"

老潘顺势拉着柳大姐走了。

走到厨房门口，老潘哄着柳大姐说："大姐您别哭了，咱们今天多包点饺子，好好乐和乐和。"柳大姐抹去泪说："给老宋包一碗饺子就行了。剩下的肉挂在窗台上，让冻着，隔三差五再给他包点吃。弄点肉也不容易。我吃点素面片就行了。我又没病着瘫着。"老潘心头一热，心想这个大姐还真不错，嘴上说得厉害，其实一颗心都放在病老头身上。

进了厨房门，老潘和柳大姐猛然都有些发傻：宋新和他媳妇正把那些猪肉苹果往一个大包里装，媳妇还把大葱和芫荽紫蒜也塞到包里去。见到柳大姐进来，两人都住了手，脸上浮起生硬的惭笑。那媳妇不说话,低了头佯装给孩子系鞋带。宋新只好硬着头皮说:"这不是,要过年了吗,拿点东西去看看磊磊他姥姥姥爷。"柳大姐急了,又怕客厅的老伴听见,压低了嗓门颤颤地说:"你们都拿走,让你爸过年吃什么?!"宋新忙说:"还留着有!"他掀起扣在案板上的一只小盆,盆底下有一块刚割下来的猪肉,约摸有半斤左右。还有四个苹果。柳大姐又气哭了,说:"你们还有一点良心没有?!你当你爸是猫啊?猫食也比这多呀!"宋新腮帮的肌肉突突地跳起来。那媳妇依旧不说话,沉默着。宋新也哭了,说:"妈,你叫我咋办呢?我们在他姥姥家都吃了一年的饭了,饭钱一分都没掏过。磊磊这一年的衣服、玩具,平时的零食,都是他姥姥姥爷掏钱买的。这都要过年了,我咋不能提点东西去孝敬孝敬呢?我这才提了点啥东西嘛,一块肉,几斤苹果,现在乡下农民串亲戚也比这提得多!我,我,我但凡有一点办法,我哪能这么下三滥!"宋新哭着捂嘴蹲在地上,也怕客厅的老爸听见。

那媳妇幽幽地说话了:"妈,现在说也是晚了。要是爸有权那时候,走个后门,把我和宋新调到一个好单位,现在哪能这样!咱爸那人,也真是——"宋新骂媳妇道:"你知道个屁!你闭嘴!"那媳妇被骂得噎住,脸涨红了,回骂了一句难听的。宋新跳起来就给了她一个耳光。媳妇哭了,骂得更难听了,且声高嗓大,全不怕客厅的老头听见。柳大姐扎煞着手哭着说:"这年不过了!呜呜呜……"

老潘立在门口,望着这混乱的一团,不知说什么好。突然老潘觉得身子被顶了一下,回头一看,老刘扶着老领导抖抖颤颤地挪进厨房里来了。

柳大姐忙浮起笑脸说:"没事,没事,是磊磊调皮,要吃生肉,宋新打了他,就闹起来了。"

宋新和他媳妇也笑得肌肉发硬,说:"就是的,就是的,磊磊太捣蛋了。没事。爸您歇着去。"

老领导不说话,站着。他都听见了。他朝

老刘艰涩地笑笑,那眼泪就顺着笑纹淌下来了,而后他呜哩呜噜说了一些什么,神色很羞惭的样子。柳大姐一听就大哭起来,哭得老刘和老潘愣愣的,心里发毛。

柳大姐哭着翻译老头的话:老宋是问小刘能不能再帮帮他,能不能再借他点钱,再给他买点猪肉苹果送来?过年了,让孩子们提上去孝敬一下丈母娘。老宋说:等国家给他报销了医药费,他一定还小刘的钱。他拿党籍做保证!

老刘好半天才挤出话来:"……行。"

从老领导家出来,已经是下午两点了。老刘和老潘饭也没吃。老刘脸阴沉沉的,情绪很坏。他叫司机先把车开回去,然后对老潘说咱们俩随便找个地方喝点酒吧。老刘说他想跟老潘聊聊。

在小饭馆里,老刘喝了不少酒,喝得眼泪汪汪的。老刘喷着酒气问老潘:"老潘,你是不是觉得我这个人挺坏的,多吃多占,还搞女人?"老潘心想:你确实够坏的!但这话老潘不敢说。老潘说:"刘局长,你挺好的。"

老刘凄惨地笑了,说:"老潘你又说假话!现在人跟人都说假话,真没意思。"老潘脸红了,猛喝了一口酒,佯装咳嗽起来,掩饰他的窘样。老刘抹了一把涕泪,说:"我知道我现在挺坏。其实我过去也是不错的。我在老宋头手下当干事那会儿,下乡搞社教,村里有个小孩不小心跌到崖下去了,我背起他就往医院跑,医院说要输血,我二话不说就让输我的血,事后老乡送来几斤鸡蛋要让我补补身子,我说什么也不要。我那会儿确实是个好党员。老潘你信不信?"

老潘相信。老潘想起一九六〇年他三个孩子饿得喝洗脚水他都没有动国家仓库里的一粒粮食。那个时候日子虽然苦,但人的品质普遍都不错。老潘说:"我相信。那个时候毛主席管得严啊。"

老刘说:"不是毛主席管得严,主要是那个时候人都有一股心气,都想学好。要说现在比毛主席那个时候还管得严哪,纪检委,检察厅,反贪局,一大堆管人的机构,那个时候哪有？关键是现在人那点心气都没了。社会风气变坏，好人也得受影响。老宋头倒是不搞腐败，怎么样呢？过年连个饺子都吃不上！我一想到我哪天退了休也要变成老宋头这样，我是一点心思也没有了。老潘，我看你好像还不错，给你条烟抽你还脸红，你蛮像个好党员哩。"

老刘瞅着老潘嘿嘿嘿地笑起来，笑得老潘觉得老刘是在讽刺他。老潘阴着脸坐着，老宋头那个样子在他脑子里总也抹不去，心里凄凉得难受。他手里的一双筷子在他面前的一盘小葱拌豆腐上下意识地捣来捣去，也不搛来吃，直到把那盘豆腐捣得支离破碎。老潘觉得他心里还坚守的最后一点品德也让老刘说得唏里哗啦地粉碎了。老刘还瞅着他傻笑，好像他不好意思抽国家的烟真是有多么可笑似的。笑得老潘火起来，他也喝得有点头大，骂道："你傻娘儿们似的笑我干什么？你以为我就是吃素的？操你个姥姥的你笑啥笑！"老刘没听见，他醉了，傻笑着就趴在桌子上睡过去。老潘头有点晕但没醉，脑子还清醒。他扶着老刘往外走的时候，觉得一切都无耻透了。老潘晕晕乎乎但还清醒地想：妈的，哪天我也搞腐败去！

过完了年上班，办公室又要给老刘去买烟。老潘把支票交给小商的时候，突然说："你多买几条，我也要抽。以后我也不自己掏钱买烟了！"

小商眨巴着眼一时没反应过来，挺奇怪地瞅着老潘不知主任今天是怎么了。

老潘说："你也买两条去抽。凭什么就该我们俩艰苦朴素！"

小商喜笑颜开，说："潘主任你这才算是彻底跟上时代了！"

从此老潘的烟和茶月月都由国家免费供应。老刘拿什么他也拿什么，再让手下的小商也吃一点甜头，拿用起来方便。老潘放开来抽好烟喝好茶，不用再担心月月抠省自己那几个不多的工资。那烟和茶的量都越吃越大，月月都要吃掉他工资的几倍去。老潘真正体会到了权力部门干部的工资"含金量高"这一道理。

老潘又喝起了酒。老潘原来是不大喝酒的，

只是在单位陪客的时候才喝几杯,他怕花钱买酒。小商见老潘喝一点酒就脸红,就对老潘说:"潘主任,你喝酒还要锻炼哩。酒量都是锻炼出来的。"老潘一想反正以后喝酒都可以开支票去买,喝多少都不怕,就说锻炼就锻炼,锻炼好了酒量以后也好陪客。小商是个酒鬼,非常高兴老潘能有这个态度,就开了支票买来了当地商家称为"一件子"(十二瓶)的茅台酒,放在老潘的办公室里,每天下班陪着老潘喝几杯锻炼,逐步提高酒量。起初老潘觉得这样两人在办公室里干喝,枯燥,喝了几天就不想喝了。但小商却极馋这茅台,茅台酒很贵的,一瓶要二百多块,平时他落不着喝的,就执拗地要让老潘一直喝下去,还想了好多办法来为这喝酒助兴,其中一个办法就是划拳喝酒。划拳老潘是会的,会喊"五魁手""六六六"之类,但老潘嫌喊这个声噪,不大想划。小商就说那就不划这个老拳了,咱划个哑拳,不出声的,咱划一个"市长怕老婆"。老潘问什么叫个"市长怕老婆"?小商伸出一只巴掌五根指头来,说：潘主任你看好，这五个指头，小拇指是老婆，无名指是村长，中指是乡长，食指是县长，大拇指是市长，依次是村长管老婆，乡长管村长，县长管乡长，市长管县长，老婆又管着市长，一个压一个，咱俩就伸指头来比划。比如你出大拇指，我出小拇指，你是市长，我是老婆，这样我就赢你了，你就得喝酒。这就叫"市长怕老婆"。老潘问："怎么村长就不怕老婆，市长就怕老婆呢？"小商说："村长都是农民，娶的都是黄脸婆，打起老婆来都往死里打，哪个农民怕老婆？而市长娶的都是太太，懂得妇女儿童保障法，要是发点脾气晚上不和市长睡觉市长也没办法。市长又不能硬扯过老婆来强奸，又不能打，作为市长他还要注意影响哩，所以只有跟老婆服软，这样老婆不就管着市长了？"老潘听了哈哈大笑，觉得蛮有意思，就跟小商划这个"市长怕老婆"。茅台酒一瓶一瓶地喝下去。划了一些日子，老潘又有些烦了，小商说那咱们再换个新拳，再来划个花拳。老潘问什么叫个"花拳"？小商说花拳就是带荤的，然后从一到十教给老潘：一张床，两人睡，三拉灯，四盖被……老潘又听了哈哈大笑，又跟小商来划这个拉灯盖被的花拳。茅台酒喝完了一件子又去买来一件子。小商不断变换着拳路跟老潘喝，老潘酒量大大见长，到最后一顿能喝六七两，在酒桌上完全能够冲锋陷阵了。老潘自此也开始馋酒，不再等小商说话，隔三差五就叫小商开支票买茅台酒来喝。

没多久老潘也搞了个女人。

七

那女人姓段，也是单位的。小段过去隔三差五就来找老潘，她想把单位办公楼临街面的一间房子承租下来给她爱人开个小烟酒副食店。她爱人是个工人，下岗了。过去小段提着烟酒来求老潘，老潘丝毫也没有想过要搞她。老潘从来没干过这种事，起初他对小段还很冷淡，给小段打官腔，说些"还要研究研究"之类的官话，却始终拖着不给小段办。那些烟和酒老潘都叫小段拿回去,他根本不稀罕,国家商店有得是,他开一张支票就能买来。搞得小段都不知道要怎么巴结老潘才能让他吐口。

那一日小段又来找。她给老潘的老婆买了件宁夏产的滩羊二毛皮大衣,想换个送礼的方式再好好求老潘。老潘一见那件大衣就说:"你拿回去,我不要,不要!搞什么名堂!"小段捧着大衣进退两难,尴尬万分。那天中午老潘喝多了一点酒,但没有醉,只是大脑很兴奋,说话更是口无遮拦。醉眼蒙眬里,老潘突然觉得小段站在那里的样子挺好看的,从腰身到屁股,一道弧线弯下来,像一个水葫芦。老潘脑子里这样想着,手就下意识地伸出去,在小段的腰上捏了一把,说:"我看你的腰挺细的。"手一抓摸到那软软的腰肉,老潘的酒意一下全吓醒了,心想这下可闯祸了,立刻惶然不知所措地愣在那里。小段也怔了一下,惊愕地望着一直对女同志挺严肃的老潘。许久,才轻轻地说:"潘主任你干什么呀。"拿着大衣转身就走。走到门口,小段回过头,对老潘羞涩地一笑，走了。这一笑把老潘周身的火焰都熊熊点燃了起来。

隔了一日，老潘鼓足勇气对小段说："小段，咱们哪天晚上到城外头的河边去钓鱼吧。晚上钓鱼挺好玩的。"小段低着头光是笑，也不说话。老潘虽然没乱搞过女人可也一把年纪了，人生阅历已经不算少，他看小段的样子就知道她心里是同意的，就在一个傍晚带着小段到城外的河边去了。小段到了河边把根钓鱼竿乱戳到水里，还是光低头笑着不说话。这小女子的低头浅笑燃烧得老潘又像回到了二十多岁，再难把握住自己，扯过小段来就把事情做了。

完事后，小段哭了，也不穿衣服，只是躺在地上一个劲儿地哭。老潘慌得不知怎么办才好。天黑透了，月很暗，暗淡月光里，老潘见小段的胸部有一粒污点，以为是刚才翻滚时沾上去的泥巴，就抚慰地拿手轻轻地去给她抠掉。抠了几下却抠不下来。老潘以为是泥巴干硬了，又不敢重抠怕抠疼她的皮肤，就掬了些河水想给她洗掉。河水滴到小段的胸部，小段噗哧一声笑了,说:"傻。那是痣。"老潘怔了一下,也笑了。他活了大半辈子,除了见过他老伴的乳部再没见过第二个女人的,他不知道还有痣长在这个地方的。

小段不哭了,坐起来,也是直接叫老潘的名字说:"潘长水,你把我搞了,你以后得管我。"

老潘忙说:"那当然,那当然!"

老潘自此也把小段负担了起来。房子的事自不用说,马上就租给小段的爱人去开店。老潘还让办公室把房子都换上了大商场那种铝合金卷帘门窗,开支都算在单位的房屋维修费里。

小段给了老潘很大的新鲜感。女人这部大书,老潘五十多年来只读过一页,且反反复复年年月月地读这一页,读到再读时已没有一点波澜掀起。这一页的内容就是他的老婆。老潘对于女人的全部知识和了解都来自他的老婆。比如说老婆的背部有细密的小斑点,医学上说这是皮肤的"色素沉着",老潘就以为天下女人的背都是这样的。小段的介入，让老潘掀开了第二页，看到了女人和女人的不同，看到了女性世界的丰富多彩，比如说小段的背部就是光滑而洁净的。老潘新鲜极了，像可怜的孩子拿到了新玩具，兴致勃勃，沉迷其中，乐此不疲。老潘后来还专门给自己搞了一套房子，像个毛头小伙子一样频频和小段幽会，好像要把他多少年的生活缺憾都补回来似的。在床上，小段看着老潘汗流浃背的样子，跟他开玩笑说："老潘，你真像个劳动模范呀。"老潘就笑，愈发做得像"劳动模范"。后来连小段都怕了，怕老潘一把年纪会出事，就说："老潘，你歇一歇。"老潘却说："歇什么？不歇！"继续劳动。

　　老潘的痴狂让小段又像老刘一样把老潘拿住了。到月底该给单位交房租的时候，小段不想交，她搂着老潘的脖子撒着娇说："我的小店刚开张，我没钱嘛，你给我交嘛。"老潘的脖子上有一块癣，他本不好意思让女同志的手触碰他的这块龌龊。小段却搂着老潘带癣的脖子不放松。这使老潘像被人握住了羞处一样的浑身局促不安。老潘赶紧说：好好好，我给你钱！

老潘给了小段一千块钱。

老潘给了小段钱后，心里有点懊恼，有点气，心想这个娘儿们也太贪了。另外老潘也心疼钱，觉得这花销也太贵了！况且这房租以后是月月要交的，如果月月都来要，这哪里给得起呀？老潘思前想后了一个晚上，甚至想了他年轻的时候在山东沂水老家老辈人告诫后辈不可胡嫖的训言。那训言非常直接，因直接而非常粗俗，粗俗到不能用文字来写出，大意是男人的阳具是惹祸的根源，万般灾难由此而起。老潘觉得应该收敛自己了，下决心要断了和小段的来往。

小段感觉到老潘对她的疏远和冷淡。一日，又来找老潘。她特地穿了一件低胸的连衣裙，好在她一俯身时，能让老潘隐隐约约地看到她胸部的那粒痣。

小段说："老潘，你生气了？"

老潘坐着吸烟，绷着脸不理她。

小段用膀子在老潘的肩上轻轻地蹭啊蹭，又说："老潘，你别生气嘛。"

老潘还是不理她，但脸却绷不住了，就像有羽毛在脸上轻轻抚过，那些紧绷的地方都无可奈何地舒展了开来。

小段又顽皮地说："老潘，你今天不劳动了？"

老潘忍不住噗哧一声笑了。

小段也笑。她不再低着头笑，而是仰起脸笑着看老潘，一双眼睛亮晶晶的。

老潘又心旌摇荡了，先辈的古训甩在了脑后。

晚上，在老潘为自己行事方便偷偷搞来的那间屋里，老潘带着"劳动"后的疲惫躺在床上，小段熟睡在他的旁边。小段一只年轻的没有斑点的光滑的胳膊搭在老潘的胸前。因为这只胳膊的衬照，老潘那天晚上看到自己胸前的肌肉竟是格外的松懈和干瘪，一种刺目的皱巴巴的衰老，心里不由一阵凄凉。老潘很清醒地想到这只年轻的胳膊绝不会是贪恋自己这堆老肉才搭在这里的。如果自己以后退休了没有权力了，这只手还会汗淋淋地握住他的手，就像让他握住犁杖，让他在丰肥的田野上继续耕作继续劳动吗？老潘在黑暗中凄凉地抓紧了小段的手，像怕她跑了似的放在自己的胸前摩挲。那细腻的手指和掌肉划过他衰老粗粝的胸皮，使老潘感觉很熨帖，同时让老潘感觉自己确实老了：人只有老了，才会格外在乎这种年轻的抚摸，或者抚摸年轻。一股类似挣扎的情绪从老潘被小段抚摸的胸膛深处翻滚上来，老潘强烈地想到趁自己还能做的时候要赶紧做一些什么。要赶紧积累，就像人过中年要赶紧投资社会养老保险，好让这种抚摸长久。在那个汗流浃背的晚上，用一句时兴的话来说，老潘有了一种时代的紧迫感。

　　小段被弄醒了，迷迷糊糊地问："你咋还不睡？想啥呢？"

　　老潘在黑暗中暗暗咬着牙说："没想啥。"

　　其实老潘正想着要放大胆子去搞钱。

八

检察院关于立案审查潘长水、商晓明共同贪污受贿一案,对于两人最初的动机,在对小商的讯问笔录里是这样记载的:

万(检察人员姓):交代你们最初是怎么商量的。

商:都是潘长水让我干的呀!过去他就一直威逼利诱我,逼着我和他一起损害国家利益,多吃多占多拿,我想不干都不行,他是主任呀!同志,潘长水最坏了!他还乱搞男女关系……

万(拍了一下桌子):交代你们最初是怎么商量的!扯什么皮!

商:也没怎么商量。就是那天中午——

万:说具体点,几月几号?

商:一月。四号还是五号?五号吧。

万:继续说。

商：五号的中午，我和潘长水到外面陪客人吃饭，吃完饭回到办公室，潘长水坐在椅子上不说话。突然他说了一句："小商，你说咱们光这么整天就吃吃喝喝混个肚儿圆，你说有意思吗？屙一泡屎都没了！"我一听他这么说，就知道他想搞钱。但他不明说，他一贯老奸巨猾！我就问他："潘主任，你是不是想搞点钱呀？"这是我先问他的。

万：他怎么说？

商：他不说话。还是老奸巨猾！他想让我先说出来。

万：那你当时是怎么说的？

商：我当时就说："潘主任你要真有这个想法就不对了！贪污是犯法的。而且咱们都是党的干部，更不应该做这种事情！"

万：这么说你还是个好同志了？你当时是这么说的吗？

商：我是这么说的！

万（又拍了一下桌子）：你不老实！要不要我把潘长水叫来跟你当面对质？！

商不说话。过了一会儿，他要求抽烟。经允许。让他抽了一颗。

万：继续老实交代。

商：我当时说……我说："潘主任你这么想就对了。现在谁不搞钱呀？"

万：他又怎么说呢？

商：他说："那具体怎么搞呢？"

万：你是怎么说的？

商：我说："具体怎么搞这要你说呀，你是主任呀！你让我怎么搞我就怎么搞，我听你的呀！"

万：你是这么说的吗？

商：我是这么说的！

万：你又不老实！是不是要潘长水来跟你对质？

商不说话。他再次要求抽烟，被拒绝。

万：你老实说！

商：我说："具体怎么搞办法多得是。

你只要有这个意思,具体我去办就行了,到时候我把钱给你送来就行了。"

万:利用你们单位盖大型储运仓库的机会,把工程包给个体建筑商,在建筑款里吃回扣,这个主意是谁出的?

商:是他!

万:唔?!

商:……是我。

万:向包工头王树海要十七万块钱的回扣款,是谁去要的?

商:是他!这回绝对是他!

万:王树海就在隔壁。要我把他叫来吗?

商:……是我。

以下是老潘的交代。叙述情况和小商有所不同。记载如下:

万:交代你和商晓明共同贪污受贿的问题。

潘：好。这个事情主要责任在我。我是领导，商晓明是一般干部，现在犯事了我也没啥好说的了，我对不起国家和组织……（流下了眼泪）我要负主要责任。

万：要搞钱的动议是谁先提的？

潘：是我。

万：利用你们盖仓库的机会吃回扣，这个主意是谁出的？

潘：是我。

万：真是你吗？

潘：是我。

万：向包工头王树海要十七万块钱的回扣款，是谁要去的？

潘：是我。

万：真是你吗？！

潘：是我。

万：你再好好地回忆一下。

潘：是我。已经是这样了，我连老婆孩子都对不起，一切责任都由我来负。请国家审判我。我不怨谁。

对老潘的这份讯问笔录需要说明一点当时的情况。当时检察官万曾经有一度沉默不语，他心里被老潘的回答弄得感慨万端，心想：这家伙真是个傻瓜！但作为执法人员，万不能明说，也不好暗示老潘什么，否则是违法的。万只好眼睁睁地看着这个头发在几天之内就全白了的老头在讯问笔录上签了字。

老潘和小商合谋收取巨额贿赂十七万元，老潘分得十万，小商分得七万。检察院立案审查事实清楚后，送交法院等候判决。与此同时，单位党委对老潘作出了行政处理：开除公职，开除党籍，撤销党内外一切职务。老刘代表单位党委将这一决定通知老潘，并跟老潘作了最后一次个人之间的谈话。

老刘说："老潘，说实话我没想到你会背着我去搞钱，你这事办的！不是我说你，老潘，你还幼稚得很哩！"

老潘说："我犯了法，我是活该！"

老刘说："事情已经是这样了，我也不想说你什么了。我给你说个故事吧，这故事里有点道理。你以后在牢里有的是时间,你自己好好琢磨去吧。"

老潘问:"什么故事?"

老刘说:"你还记得好多年以前,'文革'以前,有一本特别流行的小说叫《平原枪声》,你还记得不记得?"

老潘说:"我不知道,我不看小说。"

老刘说:"你真是不看书不看报,要不你怎么就能犯事进去了哩!那小说里有个人物叫肖飞,是个侦察员。后来还改成快板书,叫《肖飞买药》,你记得不记得?"

老潘说:"这我听过。记得。"

老刘说:"肖飞有两把枪,一把是明的,平时掂在手里的,是二十响的驳壳枪。一把是暗的,平时藏在裤兜里不轻易掏出来的,是马牌撸子。你知道肖飞为什么要有两把枪吗?"

老潘说:"不知道。"

老刘说:"那马牌撸子是为了保护那驳壳枪的。如果肖飞的驳壳枪让人缴了,他马上就把暗藏的马牌撸子掏出来对准缴他枪的人，这样就能把驳壳枪夺回来。有马牌撸子的保护，肖飞才敢胆壮地掂着驳壳枪到处走。你想，枪是杀人的，本身就已经够厉害的了，可枪还要用枪来保护，你想想这里面对你有什么启发吗？"

老潘懵懂地说："不知道。什么？"

老刘说："这就说到你这次搞钱，你事先有没有想过：你搞到钱后拿什么来保护这个钱？你有什么本事不让这个钱又被人收走还把你关进去？你有什么能耐保证这个钱搞到手后就安安稳稳是你自己的？钱是好东西，可不是什么人都有资格去搞的！老潘，我告诉你，现在抓出来的，都是又想搞钱又没有本事去保护钱又搞了钱的人！真正有本事的都是抓不出来的。你没那个资格去搞钱你搞的什么钱？抓的就是你们这些人！你可不就活该坐牢嘛！老潘，咱俩共事这么长时间，关系不错，我才跟你这么说的，你好好想想吧。"

然后老刘严肃起来，正式代表单位党委通知老潘，开除他的党籍。

老潘听得目瞪口呆。

老刘走了。

单位召开了群众大会,向群众传达了对腐败分子潘长水等人的处理决定。然后老刘代表党委做了深入开展反腐倡廉工作的动员报告,报告大意是:反腐倡廉是一项关系到党和国家命运的头等大事。腐败现象严重地损害了党在群众中的形象,极大地干扰和破坏了社会主义改革开放事业和法制建设事业。我们一定要把反腐倡廉工作当做一项捍卫党的崇高形象、捍卫社会主义改革开放事业的关键举措来抓,一定要抓紧、抓好、抓彻底,要把一切腐败分子坚决彻底地清除出去!

群众报以掌声。

暗杀刘青山张子善

一、背景情况介绍

刘青山，男，曾任天津地委书记，卒年37岁；张子善，男，曾任天津地区行署专员，卒年34岁；两人因贪污，以及其它罪行，经时任中央人民政府主席毛泽东的亲自批示，河北省最高人民法院判处刘、张死刑，于1952年1月10日下午1时在河北保定市执行枪决，此案被后人称为"共和国开国第一反贪大案"。

事隔五十九年后,即2011年5月,中国天津作家李唯领受写作任务,拟将此案创作电视剧《开国第一刀》(暂名),特去河北省档案馆和天津市档案馆两地,调阅五十余年前的封存档案。在浩如烟海的档案文字阅读中,在稍不注意就会滑过去的其中一本很次要材料的夹页里,李唯意外地读到了一段长达九页多纸的记录,这几页因年代久远墨迹已经消褪淡化到快要认不出来的文字,记载了一桩当时此案的承办者和档案的整理者都认为不太重要、或者认为只是一个小小插曲的事件,所以他们会把这份原始记录随便塞在了这样一个很不起眼的角落里。这段记录显示:1950年1月,当刘青山和张子善奉调进入天津正式主政天津地委和天津行署,国民党保密局华北地下工作站曾经招募过一名叫做刘婉香的特务对刘张二人实施暗杀。刘姓特务婉香一直将这一暗杀任务锲而不舍地执行到1951年秋天刘张被捕之后。在刘张被捕后数月内,刘姓特务婉香也被我公安机关捕获,后被处决。这九页多纸的文字,是刘特务的审讯交代，其叙述之翔实，已经足以让李唯对其暗杀过程进行充分了解。

以上是背景情况介绍。下面是李唯根据其了解写成的暗杀过程始末。

二、刘婉香其人

刘姓特务婉香，男，河北省获鹿县（今河北省鹿泉市——李唯注）上庄镇大宋楼村人，农民，在 1949 年 4 月以前一直在村里务农，种棉花，也兼做骟匠，替本村也为邻村乡民骟猪，以及骟驴和马牛。主要骟猪。挣一些工钱或者不挣钱就挣一点粮食回来，用以养家糊口。人粗壮，敦实，黑糙，周身没有一点温婉的地方，之所以叫这样一个妩媚的名字，是河北获鹿这一带的民俗，获鹿乡间很多男人都起女流之名，譬如获鹿曾经有一个著名的悍匪叫贺燕玲，就是男起女号。刘姓特务婉香粗通一点文墨，能写自己的名字，以及能写骟猪之后收到工钱的收条，尽管有错别字，但文理还算通顺，这一点对于他日后能被招募做一名特务起到了至关重要的作用：因为他能写情报。刘特务用来写情报的这一点文化竟然是得益于共产党和八路军对他的教育。获鹿县当时在大的范围内属于共产党的晋察冀根据地，但不属于那种牢固的根据地，是共产党和国民党双方来回占领来回拉锯的地方。在共产党占领获鹿的时候，共产党便给农民办扫盲班，刘婉香就是那时候参加扫盲班学文化的，他当时参加的目的就是为了日后骟猪挣工钱好写收条，当时也没想到日后会用来为国民党写情报跟共产党为敌。刘婉香在审讯交代中对我公安办案人员说："我对不住你们共产党教我认字儿！"这是交代材料上刘的原话，他说得很纯朴。刘特务虽然是特务，身上散发着农民的朴素，属于农民特务。

　　刘姓特务婉香在 1949 年以前绝没想到要当特务，他甚至都根本不懂"特务"这俩字儿是什么意思。事情变故是在 1949 年的春天，刘婉香给邻村的一大户人家骟一匹马，一匹口外的大菊花青,好马,因为手艺不精致,在摘除马睾丸的时候把刀子上的铁锈蹭进了伤口里,结果马感染了,几天后此马逝世,刘婉香便连夜离家逃跑,他怕主家让他赔马。刘婉香一直向北跑到了张家口,正碰上国民党保密局华北工作站在张家口满城贴着招募告示在招人当特务,那告示贴在学校里,贴在饭馆里,贴在剃头店里,街头卖煎饼的摊子上也贴几张,还有贴在厕所墙上的,有点像现在到处贴着治疗尖锐湿疣和梅毒的广告,一切都在轰轰烈烈大张旗鼓地进行。本来招募特务这事儿应该是暗地里秘密运作的,而且人选通常也是精中选精然后加以严格训练,不能像现在这样简直就是煤矿在招挖煤的,这简直就像是在全面进行特务大招工,这皆因国民党即将溃败,共产党即将进入全国的城市和乡村掌握政权,尤其是华北,马上面临解放,国民党极需招募大量的人来对掌握政权之后的共产党进行捣乱和破坏,所以萝卜快了不洗泥,就只能像大招工一样地来招特务了。这其实就是在招募捣乱破坏分子。国民党为此还采取了有奖招特务的办法，譬如剃头店的剃头匠师傅能说动来剃头的去当特务，每募得一名，给一块银元；每募得两名，给三块银元，翻倍儿，用现在的话说，再给多几个百分点，因此当时民间协助国民党招募特务的，众多！刘婉香就是站在小饭铺门前多看了几眼告示，他开始以为是小饭铺贴出来的菜谱，就被小饭铺里做饭的一把抓了进去，死死攥着不放手，像死死攥住了大洋钱，苦口婆心地劝说刘婉香去当特务。

刘婉香经过劝说后同意当特务。因为他在张家口要挣钱吃饭。当时张家口都有人开始吃蝙蝠了，这是由于解放军当时包围张家口，围而不打，城里肉畜能吃的都吃了，再没吃的了，蝙蝠好歹也是肉。刘婉香在张家口的日子过得很艰难。刘婉香同意当特务后，国民党方面对刘婉香等人进行了测试，毕竟这是招特务，无论怎样都要检测一下的，像现在共产党招公务员也要考试一样。考试分知识问答和写应用文一篇，知识问答包括诸如"国父是谁"、"三民主义是什么",以及"中国有多大"之类;应用文的写作是写借据一张,内容是跟邻居家借碗。国民党考虑到这些来当特务的大多是社会底层的贩夫走卒,因此出的题也尽量地平民化。对于"国父"和"三民主义",刘婉香的回答是"知不道",他在农村从来就没有听说过这两个词儿;对于"中国有多大",刘婉香想了半天回答说:"比大宋楼村大。"他认为中国肯定要比他老家的村子大,这是毫无疑问的,至于是不是比张家口也要大,刘婉香不能确定,因此他没有把握地问国民党主持考试的人:"长官,中国是比张家口也大,对不?"国民党主持考试的人气得大骂,首先在语言上性侵刘婉香的母亲:"日……"又说:"中国要不比张家口大,中国又往哪里摆?就他妈你这种素质也来当特务!"刘婉香委屈地说:"长官你不要骂人嘛,我就是知不道,我才问你是不是比张家口也大嘛!"

  刘婉香尽管不知道中国是不是比张家口大,但他的素质在来当特务的这些人里算是比较高的了,很多人比刘婉香还要更差,国民党骂他们骂得更凶。但国民党的长官在骂过这些人之后还是基本上全体给予录用,并根据人员的素质高低进行了任务划分。对比刘婉香还要差的,准备将来就派遣他们回街道进行潜伏,能在晚上溜出来贴个反动标语,能在街道里造点儿谣,比如说共产党要把女人的奶子都割了去造原子弹打台湾,这条谣言在建国初期的中国民间曾经广为流传,中国政务院(国务院前身——李唯注)在 1950 年 9 月 21 日的《人民日报》上都曾经正式辟过谣;另外还造谣说共产党的干部都喜欢耍派头背着手讲话,长期以来都习惯了,所以方便的时候也习惯地背着手,也不扶生殖器,所以都尿到鞋上了,脏,埋汰,不讲卫生,等等。这些特务都识字不多,造的谣文化含量自然也都不高,但总之能造点儿这样的谣,能败坏一下共产党,也有用。对比这些造谣者还要再差一些的,将来就派遣他们回各自的村里去当特务。当驻村特务,能在村里下药毒死两口猪,能在村头的水井里投点药让村民们都跑肚拉稀，能放火烧几垄麦子，总之能给共产党添点儿麻烦，也是好的。国民党正值危难之时，正是用人之际，所以就不能太挑剔了。对刘婉香，国民党方面则另有考虑。刘婉香最突出的地方是在他的应用文写作上，就是写借据。刘婉香向国民党的长官提出他能不能不要写借碗，因为他没跟邻居家借过碗，他自己家里就有碗，他跟邻居借过玉茭子面，他请求写借玉茭子面，用文学创作的话说，刘特务要求写作应该来源于生活。国民党的长官同意。刘婉香一会儿就写完了借据，其中夹杂着错别字："节（借）玉叫（茭）子面两升，等到收求（秋）还，到时候，有玉叫（茭）子就还玉叫（茭）子，没有，就还豆子。"国民党长官看完后高兴了，这在来应试当特务的人里语文程度是最好的，将来能写情报。刘婉香因此就算是比较优秀的特务，党国准备委以他重任。

　　刘婉香被确定录取为特务之后，国民党方面对刘婉香等录取者又进行了职业道德教育。

所谓职业道德教育，大意是训诫刘婉香这些人说：既然来当兵，就知责任大，既然来当特务，就要好好当，要有职业道德，不能拿了特务经费之后一道金光就溜得不见了。国民党方面警告刘婉香等人说：如果卷款私逃，党国一定会再派特务去把你杀了。一拨一拨地派人去杀，直到杀掉你为止，党国有的是特务，我们的战友遍天下！刘婉香听得心惊肉跳，以至于后来他一直很有职业道德地做这个特务，从没有再想过要拿了特务经费开溜掉。

进行完职业道德教育之后就是交代注意事项。国民党方面又告诫刘婉香等新特务们说：你们以后都是要打入共产党内部的。既然是要打入共党内部，那么就要尽量做到和共产党员一个样，这样才能融入他们。既然是要做得像一个共产党员，那么有两件事情要特别注意：第一是不能贪腐；第二是不能淫乱。因为共产党特别强调反对搞这个。刘婉香等特务都不太明白，因为他们听不懂"贪腐"和"淫乱"这两个文化词儿是什么意思。国民党方面只好用这些贩夫走卒们听得懂的直白语言重新说道：就是第一不能贪钱，第二不能随便搞妇女，只能和自己的老婆睡觉，而且还要艰苦朴素，啥苦都是你先吃，啥甜都是老百姓先尝，这样才是共产党员！刘婉香等新特务们这才算有点懂了，然后都很感叹，说：做特务容易，做共产党员难啊！

进行完职业道德教育和交代完注意事项之后不久，张家口解放了，国民党工作站带着刘婉香等特务转入地下待命；又过数月，整个华北都解放了，国民党赶紧把招来的人都派遣出去，根据水平高低分别派遣到不同的地方去，像适合回农村去当特务的，就赶紧都让回村，去给猪下毒去。对刘婉香，国民党工作站考虑了一下，最后就说，让他去天津吧。天津在共和国开国初期还只是河北省下属的一个专区，像今天的河北保定地区一样，位置并不算太重要。如果是要暗杀河北省委的领导，譬如是要暗杀当时的河北省委书记林铁同志，那就重要很多，那国民党方面就要派遣经过严格训练的专职特务去，而地区和县一级，因为专职特务太少，派遣不过来，只好派遣像刘婉香这样的业余特务去。国民党工作站的长官找刘婉香谈话，说：你去了天津以后，自己根据情况开展行动，贴标语散布谣言放火烧仓库都可以，如果能把共产党主政天津的长官杀了，在天津引起动乱，那更好不过了。同时告诉刘婉香：根据情报，共产党现在掌管天津的长官，一个是地委书记刘青山，一个是行署专员张子善，杀了这俩，党国有奖。

刘婉香提出了他的要求，说：那我要杀了这姓刘姓张的，我不要奖钱，这年头钱也不值钱，钱票儿都毛了，我要麦子。你们给我几车麦子，再雇车给我拉回获鹿县大宋楼村老家去。

国民党方面当即就说：可以给你麦子。麦子可以给你雇车拉回你老家去。杀了人就办。

刘婉香高兴了，说：那中，那我就去天津杀这俩孙子吧！

三、打入中共天津地委内部

刘婉香于 1950 年 2 月 7 日到达天津卫执行暗杀任务，先住在天津八里台的耀明旅社。耀明旅社在 1964 年拆了，现在是天津手表厂的所在地。刘婉香住下后，他便打听刘青山和张子善住在哪儿。要杀人总要先知道人在哪儿。刘婉香先向市民打听，见到街面上摆摊的、卖菜的、锔碗补锅的，甚至走道的路人，先向人家鞠一个躬，问一声大哥好，或者大姐好，然后问刘青山和张子善住在哪儿在哪儿办公，待问清后再上门去杀。这很不像一个特务的行径，倒很像是乡下人进城寻亲问道，但农民特务刘婉香确确实实就是这样开展他的特务行动的。刘婉香在天津八里台一带的大街小巷问了一个遍，可是这些市井小民都不知道刘青山和张子善在哪儿办公，很多甚至都没听说过这两人。解放军当时刚进城，百姓对于共产党掌管天津的长官都还很陌生，同时共产党有严格规定：严禁宣传领导，不像现在，大力宣传领导是每个城市宣传工作者的职责，每个城市的领导都是这个城市最著名的人，再小的城市都自办有电视台，电视上有三天不见领导的身影，百姓会以为是电视坏了。

刘婉香到处打听不着，很有些着急，后来他就想到去派出所打听，有点像现在说的有困难找民警。这是第一个特务去向共产党的警察部门求助的。刘婉香当时去的是天津南开公安分局八里台派出所。进到派出所里，一个当班的警察，脸上有道刺刀挑过的疤，很凶悍，一看就是刚从战斗部队转业下来的，正往墙上挂抗美援朝的宣传画。刘婉香向那刀疤脸的警察弯腰鞠一个躬，说："警察大哥你好，俺来问问这个刘青山和张子善——"话刚说到这，刘婉香猛然住了口，接着冷汗不由冒了出来，他猛然想到自己是个特务啊！作为特务，自己咋能到共产党的派出所来问事呢？有特务来向警察打问的吗！？老鼠舔猫腚,这不是来找死吗！刘婉香刚当特务，他的角色意识还不是很强，他常常就忘了他已经不是农民而是特务了。刘婉香想跑，但腿软得跑不动，哆嗦地站在那里，吓得一句话都说不出来。

那警察半天都听不到来人后面的话，很诧异，转过身来，看到的是满脸直淌汗的刘婉香，更诧异了，警察朝刘婉香走过来，问他："我刚才听你问刘书记和张专员？你找他俩干啥？有啥事？"

刘婉香魂飞魄散，接下来他的动作就是把手伸到了兜里去，把国民党发给他的特务经费都掏了出来，给那刀疤脸的警察放在桌子上，同时很实诚地告知：大洋原先一共有七块来着，这一路来天津，打车票，打尖住店吃饭，花了一些，还剩六块半，都在这儿了，一点都没向共产党隐瞒，现在全部上交给共产党！刘婉香创造了国民党的一项纪录：他成为国民党历史上投降最快的特务。刘婉香后来被捕在审讯他的时候，还专门提到了这一段，说他当时以为一定会让共产党枪毙了。

接下来发生戏剧性的一幕是：那警察看到

刘婉香掏钱，愣了一下，接着哈哈大笑。刘婉香在这儿有一个笨拙的错误，但这笨拙的错误却极其精明地挽救了他：刘婉香以为那警察已经看出来他是来杀刘青山和张子善的，所以他就赶紧上交特务经费，而没有交代他的行动任务，他认为用不着说。恰是刘青山少说了这一句，那警察便以为刘婉香是乡郊的农民，是在乡里受了什么欺负，专门来天津上访的，之所以见面就掏钱，是要把钱给他，让他帮着去找天津最大的长官，要告状打官司！站在那警察面前的刘婉香彻头彻尾就是一个农民，穿着大襟黑棉袄，头上绑着河北白洋淀一带的羊肚子手巾，手上全是锄头把磨出来的老茧，脸上的层层皱褶里嵌着仿佛永远也洗不净的污黑，这完全是冀东平原上凛冽的风一年一年雕刻出来的，是半点儿也伪装不来的，这是连国民党自己招募这批特务时都没想到的一个优势：这批特务们全都是原汁原味，天然朴实本色，完全不是后来银幕和戏台上的特务一律是贼眉鼠眼挂着特务相儿，因此反而具有很强的隐蔽性。

甚至连刘婉香的惊慌和淌汗，也被那警察认为是老乡见了官差而本能地胆怯。那警察参军前也是种地的，对农民很亲，他忙把刘婉香掏出来的钱又给刘婉香装回兜里去，告诉刘婉香用不着！说有啥事情现在人民政府会给老百姓做主的。然后热情地告诉刘婉香：天津地委和行署就在天津杨柳青镇的石家大院，刘书记和张专员就在那里办公。那警察还给刘婉香画了地图，详细标好了路线，让刘婉香去找。

刘婉香宛若死里逃生！惊魂甫定之后，刘婉香出门去，用国民党发给他的经费在街上买了两斤桃子，回来要送给那警察，他要代表国民党谢谢共产党的帮助！刘婉香很实诚地要让那警察把桃子收下。

那警察对刘婉香说："大兄弟，共产党有纪律，不拿群众一针一线。但我要不吃你一个，你会觉得我这人别扭，跟老百姓见外，那我就吃你一个桃！"那警察就捡一个桃吃了。吃完桃，那警察从自己的午饭饭盒里拿出一个馍来，又对刘婉香说："大兄弟，我吃你一个桃，你吃我一个馍。你要不吃,我不乐意!"那警察的馍里夹着肉末,天津人把这种馍叫做"肉龙",比刘婉香一个桃要贵。

刘婉香吃着肉龙,哭了,觉得共产党真好!作为一个骟猪的农民,从来没有长官和军警人员对他这样过。他想起培训时国民党长官说的共产党不贪钱的训言,感觉说的真是没错!刘婉香走出派出所的时候,碰上天津的学生在街上游行,庆祝天津解放一周年,学生高呼"共产党万岁",刘特务也由衷地跟着喊了几句。这是第一个国民党特务喊"共产党万岁"的。刘婉香认为共产党应该万岁。

刘婉香按照中共八里台派出所民警画的地图顺利地找到了杨柳青镇石家大院,果然刚成立的天津地委和行署就在那里办公,一对石狮子的门楼前有卫兵站岗。找到了刘青山张子善吃住办公的地方,刘婉香却发起愁来,看着哨兵伫立的石家大院,他想自己要咋样才能混进去呢?要打入不进去,找到了又有什么用!

刘婉香在杨柳青镇上毫无头绪地转悠了大

半天。下午，碰到了镇上的一个坐地户，刘婉香向他去打问和讨教进石家大院的办法。那坐地户说不能白问，要先吃喝。刘婉香愤怒地想这孙子肯定不是共产党员！在吃了刘婉香买的两个驴肉火烧和一碗驴杂汤后，那坐地户告诉刘婉香：想进石家大院，也不是绝对不可能的事儿，刚成立的地委和行署机关要招大量的勤杂工，包括扫地的，烧水的，值夜守更的，以及给食堂帮厨的，甚至还招专门灭白蚁的，大院里的亭台楼阁日子久了那木头都生了白蚁，总之要招不少人。负责在镇上招人的是庶务科的一位倪姓科长，倪科长就是杨柳青这儿的本地人，说话侉侉的，人黑胖，抽个旱烟袋儿，很好认。只要这姓倪的点头，事儿就能办。

刘婉香问：可我咋能让他点头呢？我又不是他啥亲的热的！

那坐地户点拨刘婉香道：使钱砸呗！钱使到了，他就跟你成亲的热的了。

刘婉香对此根本不信，尤其前面刚有了那共产党警察的榜样！刘婉香反驳那坐地户说：

你说的这没用,共产党不贪钱!

那坐地户只是诡秘地笑,说:共产党和共产党还不一样。一棵树上结李子,有粉嘟嘟的,也有长了虫眼结疤癞的。万一你就碰上个烂李子呢?你试试吧。

刘婉香没别的办法,决定那就试试。

第二日,刘婉香便在手里攥了一块大洋,到镇街上去等着。当那黑胖的倪姓科长叼着他的旱烟袋儿过来招人的时候,刘婉香挤进人群中去,按照坐地户教的,不由分说便先将大洋硬塞进倪的手里。倪横了刘婉香一眼,却把大洋又塞还给刘婉香。刘婉香以为是钱少了一点,狠狠心,又添了一块大洋,再次塞过去。倪这次竟然翻脸了,把大洋扔给刘婉香,当众臭卷了刘一顿,说:你以为我是窑子里的娘儿们啊,给钱你就能操我?说得那些来聘工的人都哈哈大笑。刘婉香被笑得一脸赤红,心想真是不该听那坐地户的,非要来考验坚强如钢的共产党,结果惹了一身骚!但刘婉香挨了骂还不走,这个倪是他眼下惟一的希望,走了,他的任务怎么完成啊？刘婉香就站着等，他想等没人的时候再最后试试。等到倪招完了当日的工，人都散去了，倪走过来，看见刘婉香还站在那儿，手里还攥着那两块大洋。倪黑胖的脸笑了，说："你还真是个老鳖咬人不松口的主儿啊！那走吧，上家去坐坐。"

倪科长领着刘婉香回他家去。

倪的家在前面叫王庆坨的村子里，离杨柳青镇有个六七里地。到家的时候，倪的婆娘正在驴圈里给驴上药，见自家男人领着人来了，过来给客人筛一壶茶，又忙着去招呼驴，说驴这几天从地里往家驮玉茭棒子，打背了（指驴的脊背磨破了皮——李唯注），不紧着上药，要耽搁地里的活。刘婉香听着分外亲切，想起了他在大宋楼村农耕的日子，惊异地说："科长，你家咋也过这种日子啊？"倪说："农民嘛，日子不这么过咋过？"倪说共产党进城的干部，十有八九都是农民，家眷都是农村的，过的都是土里刨食的日子。刘婉香这时将那两块大洋送了过去，用农民之间的语言热热乎乎地说:"哥,我看你这日子过得也不咋样,这会儿没人了,你就收下吧!"倪科长看着那洋钱,从心里透出喜爱来,但却再次把钱推还给了刘婉香,说钱是真不能收!倪说他在晋察冀当兵的时候,连里有个司务长贪污了七角钱的伙食尾子,给查了出来,连长不说要枪毙他,二一回打仗的时候,连长就让他第一个往上冲,连五步都没跨出去,就让敌人的机枪打成了漏勺,等于是变相枪毙。共产党有铁的纪律,收钱是要掉脑袋的!倪转了一个圈儿,最后说:"钱我是不能要,你要是真有心,这样吧,家里过日子有些杂七杂八的东西,你看着给添置点儿,就当咱是走亲戚你给送的。"

刘婉香心里咯噔一下,不知道倪科长想让他添置啥,要是让他买头驴呢?党国的经费里可没给买驴的钱!刘婉香小心翼翼地问倪家里都想添置点儿啥?哆哆嗦嗦地说他去买。

倪说:"农民嘛,你给买个翡翠碗儿俺还不知道是用呢还是供呢!"

倪说就给驴买副驴拥脖吧,一直就想买,

可钱老不凑手。再给打一斤灯油，买个新的灯碗儿，就行了。家里的灯碗儿使了好多年，边都磕烂了，露出瓷碴子割手。

刘婉香万想不到，连说中中中！倪的行为让刘婉香心里对"共产党万岁"打了一点折扣，但刘婉香还是打心眼里认为共产党真是比国民党强多了，共产党连贪污都是这么朴素！刘婉香随倪去了王庆坨的集上，拢共花了半块钱，买了驴拥脖和灯碗，打了灯油。倪让刘婉香给他送家去，说他自己要赶回地委去开会。刘婉香就又将这些东西给帮忙提到了倪家。倪的婆娘看着灯油、灯碗和驴拥脖，高兴死了，直笑得合不拢嘴。

刘婉香返回走到村口的时候，倪的婆娘又抱着个瓦罐从后面追上来，对刘婉香说："大兄弟，你就手再给买罐盐吧！"

刘婉香便又再花一角钱给倪家买了一罐盐。

就这样，刘姓特务婉香用一副驴拥脖、一个灯碗、一斤灯油和一罐咸盐，对共产党的干部贿赂成功，于第二天就走进哨兵层层把守的石家大院，被正式招录为天津地委机关庶务科的职工，在机关食堂做勤杂。刘特务在中共天津地委的宿舍里放下他的行李的时候，他自己打死也想不到：打入敌人内部会是这样的轻而易举！

刘婉香打入后，于次日去送情报向上级报告这一情况。送情报的地点在天津南市一家叫做"一瓣香"的茶楼，在茶楼的一处墙角，有一块活动的砖头，里面事先已经被掏空了，刘婉香只需把砖头抽出来把情报放进去再把砖头塞好，过后自然就会来人把情报取走。刘婉香写好情报后，去茶楼找机会塞进了砖头洞里。这份情报他写得依旧错别字连篇，让国民党的长官连蒙带猜才明白他是报告说他已经打入了中共内部，正在伺机准备行动。同时刘婉香在报告中还说他要给国民党的领导提一个意见，那意见归纳起来大意是说：俺们培训时长官说共产党都不贪钱，以后可别再这样瞎说八道了，一棵树上的李子还结得不一样哩！共产党的干部刚进城，贪污腐化还处于起步阶段，要的东西不多，但不多也是钱啊！我要不送钱我能打入共党内部吗？这样瞎说会误导我们这些在基层当特务的，会真的以为共产党的干部全都不贪钱，不敢大胆拿钱去活动，这样咋能办成事呢？咋能完成党国交给我们的光荣任务呢？刘婉香在报告中要求追加特务经费，要把准备给共党送礼行贿的钱预留出来。

上级回复说知道了，说也没想到大陆沦陷以后共党的干部会有这些变化。上级说这种情况不光是天津一个地区有，各地的派遣特务都有这个反映，都感觉和培训时说的那些情况不太相符。国民党上级部门已经根据新的形势变化在商定新的应对策略了，已经在考虑要适当追加特务经费。上级让刘婉香先行动着。

刘婉香就先行动着。

四、第一次暗杀

刘婉香在石家大院一面做着勤杂，一面在寻找下手杀刘青山和张子善的机会。就在刘婉香即将行动之时，他突然发现他的整个行动有一个重大的缺陷：他没有杀心！刘婉香发现事到临头他却狠不下心来杀人了。尽管在理智上知道拿了人家的钱就得给人家去杀人，但对这个之前即使动刀也只是杀掉过猪羊马牛生殖器的农民骗匠来说，真叫他为了钱以及还有几车麦子就去杀人，实在还是缺少情感因素的推力。刘婉香想：俺为啥要杀他俩呀？无冤无仇的！又没霸过俺的婆娘又没扒过俺家的房。这么杀人要遭天报应的！农民特务刘婉香在杀人之前被中华民族传统的农民习性而困扰，缺少一股推他下手的杀气。但在第十天的上午，这个困扰竟然意外地而且也是轻而易举就解决了。

　　第十天的上午，也就是刘婉香在进入石家大院的第六天，他第一次见到了他的暗杀对象。刘青山和张子善前几日到石家庄参加河北省委扩大会议去了，故刘婉香没在大院里看到他们。刘婉香看到刚回来的刘青山人不胖，偏瘦，披个皮大氅，张子善要偏胖一些，也披个皮大氅。刘、张二人进城以后就开始一直披着皮大氅,他们即使在行刑被执行枪决的时候也披着这身皮大氅,这有保存至今的刘、张二人行刑时的照片为证,照片上两人就是披着皮大氅被押赴刑场的。据说这是河北省委当时特批的,因为皮大氅是狐皮做的很贵重,河北省委保卫部曾经提出在枪毙时给这两人扒下来,当时全国刚解放,共和国在各个方面都很艰难。但河北省委领导经过考虑后说:"老刘和老张也革命这么多年了,论级别,也都是地师级干部了,临要走了,怎么也得有个待遇吧,就让他们披着吧。"干部就是死也是要分级别的。建国初期好多地市级以上干部都披个皮大氅,就好像现在好多地市级以上干部都坐奥迪,这是一种待遇和身份的象征。恰恰正是这两身皮大氅激起了刘婉香的杀气。在刘婉香的河北获鹿县老家,有钱的富绅也都穿皮大氅。那个让刘婉香去骟马后来又追杀他的地主就披着一件跟刘青山一样的皮大氅,领子也是红狐皮的,在雪天像一道火焰在烧。刘婉香说他第一眼看见刘青山就像看见了那个地主！好多干部进城以后都把自己穿得跟地主老财一样。刘婉香被捕后在审讯他时交代说："我当时一见刘青山和张子善披着大氅，其实俺跟他俩也不认识，可不知咋的，我当时就想掂把刀把他俩捅了！"刘婉香说他忘不了那年他去骟马，大冷的天，他握刀的手冻得都裂了口子，他惟一取暖的方式就是把冻裂的手浸到新鲜的马血里去泡一下。主家当时就披着那一身红狐领的皮大氅站在一旁看，还拿脚踹他，不许他用马血泡手，说他磨叽耽搁时间，让他快一点儿，说天太冷，要把马冻坏了！所以当刘婉香第一眼看到刘青山和张子善披着皮大氅从石家庄开会回来走进大院的时候，他心里咔嚓一下，竟然如释重负，所有良心上的牵牵绊绊都消散了去，他觉得他可以心安理得地杀这两个人了。

　　刘婉香杀心已起，剩下的问题就是怎么杀了。

刘婉香经过反复琢磨，决定大院开饭的时候杀刘青山和张子善！

刘婉香的这一暗杀方案源自他十分熟悉共产党八路军开饭的情形。刘婉香曾经在他的老家大宋楼村见过无数次八路军开饭：到了开饭的点儿，当官的，当兵的，都伙在一堆儿蹲在地上吃。吃食就放在地中间，一大盆菜，熬白菜或是熬茄子，都是些糙食，玉菱子面贴饽饽放在笸箩里，就着菜吃。八路军的首长吃饭顺带还要研究工作，几个人单另蹲在一块吃。警卫员就用小盆盛了那熬白菜或者是熬茄子过来放在首长面前，有时还拿几棵洗净的大葱，再端来一碗腌好的虾酱，让首长沾着虾酱吃。这就是共产党当官的比当兵的待遇特殊一点的地方了。刘婉香就计划在刘青山和张子善面前的小菜盆，或者是虾酱碗里，投毒下药。开饭时院子里闹闹哄哄，人都走来走去的，要趁机下药很容易。共产党的长官很好暗杀，比国民党的领导好杀多了。刘婉香在大宋楼村也见过国民党的部队开饭，国民党当官的从来不和当兵的蹲在地上一块吃，只有共产党才讲官兵一致！

当刘婉香按照他的方案要实施暗杀时，才发现他的方案根本就是错误的。

刘婉香发现共产党也开始官兵不一致了！刘青山和张子善早已不和底下的群众蹲在地上一块吃饭了，他们俩在大院中的一个小跨院里单独吃饭。菜也早就不是小盆盛的熬白菜和熬茄子了，大酱沾葱倒也还吃，但那只是鸡鸭鱼肉山珍海鲜吃得太油腻时清淡一下口味。有专门的厨子替他们做菜，厨子是天津鸿宾楼的厨子，给下野在天津卫做寓公的前民国总统曹锟做过菜，分工负责管后勤的张子善专门让倪科长把他招进了中共天津行署。因为那厨子仗着有手艺，提出不愿当一名普通职工而要做一名领导，张子善就安排他当领导，又因为行署其他各科室的岗位都有了人，只有宣传科还空着一个位置，张就让这厨子当了宣传科副科长。这宣传科的副科长不认得字，只负责给刘、张两人做饭。

如果只是刘青山和张子善单独两人在小跨院里吃饭,那刘婉香还是有下手的可能,但刘婉香经过几天暗地里的观察,他发现刘青山有一个近乎于病态的嗜好:刘极其喜欢热闹,他吃饭时尤其不能忍受寂静,他经常是一吃饭就要从天津市里找唱戏唱曲儿的来,让唱戏唱曲儿的给他唱。他要唱着吃。所以刘、张一吃饭身边就围起一大帮人,让刘婉香根本没法靠近去下毒。刘青山还有一个特点:他叫人来唱,却从来不叫唱京戏的来,他只叫那些唱评剧的唱坠子的唱大鼓的来。刘青山有一个原则,据说,他曾经多次对他的下属们说过:"京剧那是国剧,叫唱京剧的来唱,那是毛主席叫的,我级别不够,我不敢。我老刘就听个梆子坠子啥的吧。"刘青山还说过:"在天津,毛主席老大,林书记老二,我老刘老三!"刘所说的林书记,就是当时的河北省委书记林铁,刘青山脑子还没有彻底昏聩,还知道不能僭越毛泽东以及他的主管省委领导去。又据说,刘青山当时说完这句话后,看了一眼旁边坐着的张子善，他觉得这么说有些不妥，就又改口说："我和张专员老三！"刘青山的这些话在档案中是有记载的，但不是出自对特务刘婉香的审讯记录，而是出自刘青山本人的检查。档案中有很多材料是刘青山和张子善的检查和交代，刘青山的这份检查是直接写给毛泽东的，其中的一段原文是："毛主席，进城以后，我个人主义膨胀昏头了，说过，在天津，毛主席老大，林书记老二，我刘青山老三！其实我刘青山算个什么！在我上面，还有朱总司令，还有周副主席，还有林总，还有高副主席（指时任中央人民政府副主席的高岗——李唯注），还有很多很多首长，我个人主义这么膨胀必然要犯错误！……"这份刘青山呈送给中央人民政府和毛泽东的检查就保存在档案里。至于毛泽东本人是不是看过这份检查，不得而知。

刘青山顿顿吃饭都要吃得这样热闹，刘婉香起初认为是刘青山进城以后地位高了开始讲排场了，但刘婉香后来发现不完全是这样。有一天刘婉香亲眼看见，一个唱西河大鼓的一连唱了好多个曲子，唱得声音都劈了，实在是不想再唱了，就由拉胡琴的班头站起来对刘青山说："刘书记，今天实在是嗓子塌了，您让我们回去歇歇，过几天再来伺候您老。"刘青山一下火了，把筷子摔在桌上，唱西河大鼓的和拉胡琴的吓呆了，接下来大家都认为刘青山会下令把那班头抓起来，但刘婉香接下来却看见了让他瞠目结舌的一幕：刘青山哭了。让人胆战心惊的刘青山像个小孩儿一样哇哇地哭，哭得十分的委屈和伤心。刘青山委屈而又伤心地对那帮唱曲儿的哭诉，大意是说：1943年和1944年，鬼子几次扫荡冀中根据地，他一连几个月都藏在地道坑里，或者是躲在老乡家的夹壁墙里，大气不敢出，怕外面的鬼子听见响动。每次吃饭，都不敢用牙齿嚼，怕牙齿嚼谷物会弄出声音来，他每次吃饭只能用舌头和上颚把饽饽硬硬给磨碎咽下去，四周静得能听见壁虎爬墙的声音，简直都要把他憋疯了，以至于后来吃饭，四周一安静他就胃痉挛，胃像锯子拉肉一样地疼！他那个时候疼得窝在夹壁墙里曾经发过誓,发誓等革命胜利了,有一天,他再吃饭,要热热闹闹地吃,要响响亮亮地吃,要喊着吃,要唱着吃,要欢天喜地地吃!刘青山对这帮戏子这么不理解不体谅他而十分恼火和伤心,刘婉香听见刘青山大骂那个班头说:"现在革命胜利了,我们把天津卫都打下来了,天津卫都是我们的了,我不过就想好好吃口饭难道就不行吗?!过去鬼子不让我好好吃饭,欺负我,现在你们也欺负我!你们就跟鬼子一样!娘的我把你们都毙了!"他一边骂,一边委屈得眼泪哗哗地流。

张子善也出来批评那帮唱曲儿的。张是文人,不像刘青山那样粗猛,他说:"你们这帮旧艺人啊,确实像毛主席说的需要改造旧思想,一点阶级感情都没有!刘书记为革命出生入死,不过要你们唱唱戏,你们还这么惹刘书记生气!"

那帮唱曲儿的不敢再有一句妄言,只有赶紧紧锣密鼓地再唱。

刘婉香看得叹了一口气:刘青山这是在战

争中落下病了,是病人,也挺可怜的。

刘婉香一连观察了六天,直到确定他完全不可能实施原来的暗杀计划,才决定彻底放弃。他十分地懊丧,给上级又写了一份情报,再去天津南市"一瓣香"茶楼把情报塞进了砖头洞里,报告他第一次暗杀失败。这份报告刘特务照例又写得错别字连篇,照例又让国民党的长官连蒙带猜才明白了意思。刘婉香报告的大意是说:

"报告长官,共产党进城以后,刘青山和张子善,这俩孙子,开始变了。吃饭要人伺候,还要叫人来唱,吃的也好,尽是肉,菜里头油也大,香,隔老远都能闻到味儿,比过去的地主都阔。过去共产党的长官很好杀,现在不好杀了,像刘张他们这样的领导都腐败了,他们要是不腐败这次就死定了,是腐败保护了他们,我再想别的法子去杀,0471。"

刘婉香的代号是0471。

刘婉香送出情报后,就在大院里继续观察寻找机会,准备实施第二次暗杀。

五、第二次暗杀

刘婉香又经过数月的观察，终于发现有一个很好的机会可以杀掉刘青山和张子善，这让他兴奋不已。刘婉香发现刘青山和张子善都暂时没有带家眷！当时解放军的部队刚进城，一切的作风都还在战争状态，而共产党的干部行军打仗从来没有带老婆的。这一点共产党尤其和国民党不同。在国民党内，官做到了刘青山和张子善这一级，没有不带家眷的，家眷还要勤务兵伺候着，一行动一大嘟噜人。这一点对于刘婉香实行暗杀计划非常关键：要是刘青山和张子善晚上睡觉身边还躺着个老婆，要不要连他们的老婆也一块儿杀呢？要是一刀捅不死两个人咋办？要是那个没捅死的嚷起来又咋办？这都是麻烦事儿！一个人睡那就好杀多了。刘婉香决定等晚上刘青山和张子善睡了，伺机潜入各自睡的厢房，实施第二次暗杀。刘婉香庆幸刘青山和张子善在这一点上还保持着共产党艰苦奋斗的作风，心想真是谢天谢地！要是共产党啥都变得跟国民党一样了那就真不好办了。

　　刘婉香的二次暗杀方案定下，他首先要做的就是再次向倪科长行贿。

　　在刘婉香的这个暗杀方案中有一个不可缺少的重要环节：刘青山和张子善住在跨院的东西厢房，在东西厢房旁边有一间堆放杂物的耳房，无人居住，刘婉香必须要事先住到耳房里去，这样晚上就能直接从耳房溜到厢房去行刺，而不必经过警卫班战士住的大屋，这样能确保行动安全。但刘婉香要搬进耳房去住，必须要经过庶务科的倪点头同意，刘婉香就准备再像上回那样给倪家里买点杂七杂八的东西送去。

　　刘婉香于是在一个白天蹭到倪身边去，山南海北乱聊了一通，尔后拐弯抹角地提出他想住到那间耳房里去。耳房清静，刘婉香说他跟勤务班还有炊事班的人都睡在一个大屋里，闹，他晚上睡不着。提完要求，刘婉香亲亲热热地搂着倪说："叔，咱家的灯油该打了吧？

我打了给婶子送家去。我再给婶子捎罐盐。我估摸着咱家的盐也快使没了。"

倪却翻脸了,掰开刘婉香搂着他的手说:"打鸡巴的灯油!"

刘婉香吓了一跳:"咋,那耳房不让住?"

倪说:"咋不让住,空着也是空着!"

刘婉香小心翼翼地想问个究竟:"那,叔,那你又是为啥呀?"

倪说:"你说的话我就不乐意听。打灯油,买罐盐,你真把我当要饭的了!"

刘婉香松了一口气:原来倪是嫌少了!刘婉香爽气地说:"叔,咱家还缺啥,你说,我给买去!"他想撑破天了给倪家买头驴!五六个大洋能在杨柳青集上牵一头回来。为了暗杀能成功,刘婉香想大不了他再向上级申请行动经费去。

倪沉吟了片刻,说:"刘婉香,你要有心,你给我买块手表吧,那耳房你就长期住着。"

刘婉香结结实实地吓了一巨跳:一块手表,在天津劝业场买,那最少也得三十块大洋啊！才几个月前，一斤灯油，一个灯碗儿，一罐咸盐就乐不可支的倪科长，咋就……咋就"进步"得这么飞速呢！刘婉香说话都结巴起来："科长，这，这，这，这么大一笔钱，你不是说咱共产党有纪律，收钱要杀头的吗？！"

倪很不屑地哂了一声，说："大领导们都收钱收礼，我凭啥不能收！"

倪说这些日子来，刘书记和张专员隔三差五就让他开着机关的吉普车去石家庄，给省委各部门的头头脑脑送礼。有些是刘书记和张专员特意要送的，更多的是部门领导自己向刘、张开口来要的，都觉得刘青山和张子善这俩家伙如今进了天津卫，大天津多阔气呀，就像进了大商场，啥东西没有啊，不跟这俩小子要还跟谁去要啊！这些部门，有的是天津地委和行署的上级主管，有的是协作单位，譬如电力局，刘书记和张专员一个都得罪不起！

倪的这个说法在刘青山、张子善一案的档案材料中有记载。档案中保存着刘青山张子善交代的送礼清单，大到像冰箱，50年代的一个冰箱相当贵重值钱了，是美国生产制造的，只有天津的资本家用得起；小到像天津的毛线、烟酒、家具，都有。送礼的对象包括当时河北省委的最高领导，省委书记林铁，以及往下多人。刘青山和张子善被执行枪决后，林铁的爱人弓彤轩，在1952年的《人民日报》上发表文章，题为《检讨我接受刘青山、张子善礼物的错误》，向全国人民公开谢罪。白纸黑字！这么多这么贵重的礼品，刘青山和张子善的工资自然买不起，他们只有去贪污。从某种角度来说，刘青山和张子善最初走上贪污道路，是被逼的！刘青山一度非常痛苦，档案中有一份张子善写的交代材料，原文写道："……有一天，刘青山拿着一瓶酒来我的屋。我们俩喝着酒，说到贪污挪用修河经费的事（那是刘青山张子善第一笔贪污挪用公款——李唯注），刘青山哭了，他对我说：'子善，我们两个学坏了呀！'我当时心里也很不好受，我说确实是学坏了！刘青山又哭着说：'子善啊，我们两个对不起党啊！'我说确实是对不起。我问刘青山：'那咋办呢？'刘青山一个劲儿地喝酒，说：'只能是继续对不起党呗。不然，我们两个又有啥办法呢……'"

刘婉香和刘青山一样也没别的办法，他只能向上级打报告要求追加经费给倪买手表。

国民党上级接到刘婉香依旧是错别字满篇的报告，于四天后回复，让刘婉香去天津小白楼百货商场正门，面见他的直接领导，领取追加的行动经费。

与刘婉香单线联系的上级领导是个卖梨膏糖的。领导在当特务之前就是卖梨膏糖的，如同刘婉香过去是个骗匠被招募做了特务，领导过去卖梨膏糖尔后也被招募做了特务。国民党的长官看他做小买卖比较会说话，脑子要灵活一些，又是天津卫本地人，就让他做了刘婉香的领导，算是小组长一级的干部，领导着刘婉香和另外一个卖煎饼果子的特务。卖梨膏糖的领导在商场门口跟刘婉香接上了头，把国民党特批下来的三十五块大洋小心翼翼地交给刘婉香，尔后咂吧着嘴，很不愤，又充满羡慕地说：

"早知道俺们都到共党那边当干部去了,比俺们当特务挣钱可容易太多了!"

卖梨膏糖的和刘婉香办完接头,尔后,作为领导,最后总是要再对下级作一些指示的,不作指示体现不出领导的风范来,于是卖梨膏糖的又指示刘婉香去杀刘青山张子善的时候,身上要裹块烂布,要不血都溅到衣服上了,不好洗,糟践了衣服。刘婉香回答说他知道了,说他早就想好到时候要弄块烂布缠在身上,不会把衣服糟践的,谢谢领导的关心。两位特务都是穷苦劳动人民出身,一身粗布衣服对他们是很金贵的,所以爱护衣服对于他们就是重大话题了。卖梨膏糖的作完指示,两人要散。如果不是刘婉香临走时随手的一个动作,这次接头很顺利,但就因为刘婉香这出自农民本性的一个举动,致使这次接头险些酿成这两个特务的当街被捕,使整个暗杀行动险些灰飞烟灭。

刘婉香临要走时,从领导的梨膏糖挑子上掰了一块塞进嘴里,说:"闹块糖吃!"尔后就嘎巴嘎巴地嚼起来。

卖梨膏糖的领导不高兴了。他很不高兴刘婉香吃他的梨膏糖。领导并不是个小气的人，几块梨膏糖也不是什么金条翡翠，但皆因这一挑子的梨膏糖是领导全家人目前的生活来源，一家人的吃喝挑费全要靠这梨膏糖卖出钱来。领导家的生活如此困难，是由于国民党在各地的派遣特务有不少都碰到了像倪科长的这种事情，行贿的费用大幅度增加，弄得国民党的财政非常地紧张和困难，国民党保密局在大陆的各个工作站已经好几个月都发不出工资来了，只好拖欠着。在中国，历来有拖欠工资的传统，从过去拖欠特务的工资到现在拖欠农民工的工资。卖梨膏糖的领导由于领不到工资，又要把特务事业继续进行下去，所以只好重操旧业来维持生计，所以领导看到刘婉香吃他的梨膏糖，等于是看着刘婉香把他一家老小的棒子面、劈柴、煤球、咸菜等都嘎巴嘎巴地吃下去，心里当然不高兴。

　　刘婉香看到领导不高兴了，一般人看到尤其是自己的领导不高兴了就会停止动作，如果刘婉香这时停止惹领导不高兴那么后面的凶险就不会发生，但刘婉香不。刘婉香看到领导不高兴，他也不高兴了，心想：我为你们国民党去杀共产党，一犯事儿我脑袋就没了，到那时候你就是让我吃王母娘娘的奶我都没嘴去叼了。现在不过闹你块糖吃，看你那脸吊得跟驴球一样黑！我偏要吃！刘婉香就又从领导的挑子上掰了一块吃起来。

领导自然更加地不高兴了。但领导这时候还忍着，还给刘婉香讲道理，领导毕竟是领导，要有肚量一些。领导给刘婉香讲了一通道理，用书面语言翻译过来，大意是说：0471啊，你看你已经给党国造成很大的困境了，你的经费已经严重超支了，你看你这次申领的经费，真正花在行动上的钱，比如买把刀，买根绳子什么的，只有块儿八毛，而去行贿送礼，倒有三十多块！这种计划外的开支竟然占到了百分之九十多！这种计划外的开支一多，就弄得党国的事业无比艰难，不反共吧，不行，要反共吧，成本太高！害得我们国民党开展工作都没有经费了！现在弄得我这个领导都要开展生产自救来完成党国大业！0471，你说你这时候不和党国同舟共济共渡难关也就算了，你还要吃我开展生产自救的生产资料，你还有没有一点觉悟？！之类。

刘婉香对于领导的训诫丝毫不以为然。刘婉香虽然也是特务但是个群众特务，群众的觉悟总是一直比较低的，从过去大陆未沦陷到现在大陆沦陷了之后都是一样，刘婉香毫不以为然地想：你党国的大业关我个鸟事儿！你没钱就不要反共嘛！你杀鸡煺毛还要先烧壶水呢何况是反共！另外刘婉香也充满着委屈，心想：我够老实的了！我给你们党国报账都是实报实销！比如说买刀去杀人，我花一块钱买的我就说一块钱，我要说花了一块五你们党国又到哪儿查去？其他的特务谁不报假账？刘婉香越想越委屈，越委屈就越赌气就越要吃领导的梨膏糖，他抓起那糖就没完没了地吃起来。

卖梨膏糖的领导彻底火了，彻底没有了作为领导的气度，不再给刘婉香高屋建瓴地讲道理，又恢复了当领导以前做市井小民的习性，当街骂起娘来，骂得很泼皮。刘婉香更是回到了他以前骟猪时的德性，更加泼皮地和领导对骂起来。两位特务都在语言上相互性侵对方的母亲，尔后又延展到性侵彼此的姥姥和祖奶奶："日……"两个特务都骂得非常地难听。

领导后来一个大耳刮子就抽到了刘婉香的脸上。

刘婉香急了，一脚就踹到领导的十二指肠上。

两个特务就在天津的大街上打起来，打得头破血流。

距此五十八年以后，在天津市南开区富康路天津档案馆的阅读室里，李唯在档案卷宗里看到这一段的时候，曾经一度犹豫过要不要把这一段打架的事摘抄下来带走（档案馆规定档案不许复印不许拍照但可以记录要点——李唯注），因为这一段太像是假的了！写到文章中太像是编造的了。两个特务，因为吃几块梨膏糖，在闹市的大街上当众打架，这在世界特务史上恐怕是绝无仅有的事儿,听上去太过离奇。但这一段往事在档案中又是确确实实记载着,档案中有一份材料原文是这样的:"……我那天去小白楼领钱,老魏(指和刘婉香单线联系的那个卖梨膏糖的特务组长——李唯注)挺不高兴,见面就说我,说我钱花得多,送礼要花这么些个钱,干正事儿反倒花得少。这么干,党国日子都过不下去了!我不爱听他叨叨,就成心掰他的糖吃。老魏更不高兴,就骂我,又动手打我,我就拿脚踹他了。这事儿不是我先动手的。后来解放军就过来了。"这是刘婉香交代这件事的原话。这非常不像在说特务的行动,倒像在说市井小民之间的磕磕碰碰。李唯后来忽然悟道:或许真实的谍战其实就是这样的,其实也就是一段段也充满了柴米油盐的生活流程,倒是后来的那些谍战的书籍和戏剧反倒把生活写假了,写成了不像是人在干的事情。李唯悟到之后忽然就对眼下多如过江之鲫的谍战作家们不那么十分崇拜了。

档案中刘婉香交待此事的后续发展是这样

的：刘婉香和老魏在街上厮打，当时天津刚解放还在实行全城戒严，街上有解放军的卫戍部队在巡街。刘婉香远远看见解放军巡街朝这边走过来，解放军这时候也看见他们两个人在打架了，刘婉香这时越想越火大，心想我为你们国民党干事儿，钱挣得不多还要挨你们打骂，妈的这个活儿不能干了！刘婉香就朝解放军喊起来，指着老魏嚷："快来逮特务呀！他是特务！我也是特务！俺两个都是特务！"刘婉香想破罐子破摔，就让解放军把他们俩都抓去好了。解放军听到嚷叫就朝这边跑过来。老魏当时就吓呆了，呆若木鸡。解放军听到喊声加快跑过来，其中一个负责的班长，操一口东北话，这是林彪第四野战军入关的部队，瞄瞄刘婉香和吓呆了的老魏，说："老乡，以后再嚷嚷，说点新鲜的！"然后不耐烦摆手让刘婉香和老魏快走！刘婉香傻了，非常地想不通，心想共产党咋连特务都不抓了？！后来刘婉香被捕后才了解到：解放军那些日子都要烦死了，常有人在街上拦住他们，说自己是特务，或者说是国民党哪个部队流落到天津的散兵，奉命要在天津搞破坏，要求解放军把他们抓了去，其实就是天津的无业游民想到看守所去白吃饭。于是刘婉香和老魏就让解放军驱赶了去，一场眼看就要发生的凶险就这样消弭于顷刻之间。

老魏死里逃生后，对刘婉香服了，让刘婉香彻底治服了，他抓住刘婉香的手连连说："老刘老刘老刘，我刚才骂你，还跟你动手，对不住，实在是对不住！实在实在实在的对不住！"说着，让刘婉香吃梨膏糖，随便吃！

刘婉香就吃那糖，不无得意，说老魏："你这个货不这么治你就不行！"

老魏的领导派头再也没有了，一个劲儿地服软："对对对！我就得这么治！"尔后又小心翼翼地恳求刘婉香道："老刘，你看，咱钱领了，糖也吃了，那党国交代的任务，咱还是得完成，你说对不？"

刘婉香态度也和缓下来，说："对嘛，你要是这么好好说话，那俺也不是个难剃的头。"

刘婉香答应回去继续杀刘青山和张子善。

刘婉香将三十三块大洋买来的手表给了倪科长，顺利地住进了那间耳房。待暗杀的一切准备都停当后，在1950年4月6日深夜1时左右，刘婉香从耳房里溜出来窜到刘青山住的厢房房檐下，在他要拨开厢房的门闩潜入时，突然听到有人声从屋内传出来！刘婉香先暂停了动作，从窗户缝朝里面窥视。接着，他看见的情况让他一时间发懵愣住了，那是他事先绝对始料未及的：刘青山的屋里还睡着有另外一个人！

刘婉香认出那是刘青山的警卫员小邓子。

刘婉香看出刘青山已经有些酒意了，大概是晚饭时喝了一些。刘青山带着酒意在骂小邓子，他让小邓子赶紧走，不要在他的房间里呆着！刘青山说他已经烦透了和小邓子住一个房间，他要一个人住。刘青山醉意浓浓嘟嘟囔囔地说他作为天津的地委书记，他想一个人住间房，谁又能管得着呢？刘青山好像是为此憋了满腹的火气，说到火大时，声色俱厉地命令小邓子快滚，立刻，迅速，马上！让刘婉香诧异的不是刘青山斥骂小邓子，首长斥骂下属，尤其是生气了斥骂自己的警卫员通讯员，那是很正常的事情，让刘婉香大感诧异的是小邓子的嚣张！小邓子非但没有听从刘书记的命令赶紧出去，而是居然不耐烦地斥责刘青山："老刘，行了！赶紧睡吧！喝点儿猫尿，看你那点儿出息！"刘婉香隔着窗户缝看得瞠目结舌，他都快要分不清这究竟是警卫员小邓子在跟刘青山说话还是省委书记林铁在跟刘青山说话。

　　让刘婉香更诧异的是刘青山对小邓子斥责他显得无可奈何，这完全不像平时在地委大院里一跺脚就地颤的刘青山。刘婉香听见刘青山在提一个女人的名字，焦什么兰，刘青山央求小邓子去把那焦什么兰给他叫来。小邓子断然拒绝，说老刘你这是想搞破鞋，不去！小邓子还笑嘻嘻地说：你让我去找上官云珠我就去。上官云珠是当时著名的电影演员，而且人在上海。小邓子分明是在调笑他的书记。刘青山喝大了，低声下气地，再三央求小邓子去叫那焦什么兰过来，而小邓子则坚持说除非让他去找上官云珠。

刘青山真火了,解下皮带就抽小邓子,吼叫着让他快去叫!

小邓子则是一把夺过皮带,一皮带就把刘青山抽到了床上去,也吼叫道:"刘青山你赶紧睡觉吧!"居然把刘青山按在床上,强行扒去刘青山的衣裤,让他睡觉。

刘婉香看得眼睛发直,他知道今晚是杀不了刘青山了,只能先暂时悄悄离开。

刘婉香第二日整天都处在焦灼不安中,满脑子都想着这有悖常理的事情,想不明白。他必须尽快了解清楚小邓子和刘青山究竟是一种什么样的关系,小邓子何以竟敢如此胆大妄为!而且,最为重要的是要知道小邓子是偶尔在刘青山那儿住几夜,还是要长期地住下去?这对于刘婉香能不能实施他这次的暗杀计划至关重要!捱到了傍晚的时候,刘婉香实在想不出别的办法了,就下决心冒一次险,拎了一瓶酒,窜到了倪科长的宿舍去,与倪山南海北地乱聊,最后小心翼翼拐弯抹角地转到了这上面来,谎称自己昨晚后半夜起夜上茅厕,路过刘书记的屋,耳朵里听到了这一幕。刘婉香战战兢兢地问倪:"小邓子,那小狗日的,是咋回事呀?敢对刘书记那样?胆子够大的呀!"

倪丝毫没有察觉刘婉香问话背后藏着的诡计来。倪戴着刘婉香送的手表感觉刘婉香就是祖国最可爱的人。对于刘婉香的惊愕,倪早就知道情况地一笑,说:啥小邓子胆大,屁!要是搁在平常,借小邓子一百个胆子,他连对刘书记大声说话都不敢!倪告诉刘婉香:这是刘书记让小邓子这么做的。是刘书记命令小邓子晚上就住在他房间里。刘书记还告诉小邓子,如果他要是发火让小邓子走,小邓子可以抗命,偏不走!刘书记还说,如果他要是骂小邓子让他滚,小邓子可以反骂他。如果他要是喝多了打小邓子,小邓子可以反过来抽他,直到把他抽清醒。刘书记警告小邓子:如果怂包草鸡了,不敢这么做,不敢坚决地呆在他房间不走,他就开除小邓子,让小邓子回老家种地去!

刘婉香老大地不明白,说:"那刘书记这

是……这是因为啥呀？"

倪诡秘地一笑，悄悄地说：因为女人。

倪说：刘书记和张专员进城以后，做了大天津的领导，那女人呀，说得好听一点是蜂啊蝶的，说得不好听就是苍蝇蚊子，一拨一拨的，一片一片的，都扑过来了。有为入党的，有为提干的，有为让刘张批条做生意弄钱的，天津有个女商人叫张文仪，见天就在刘书记这里泡着。刘婉香听到的那个焦什么兰，她名叫焦翠兰，是地委宣传部的干部，她想当宣传部的副部长，整天去刘书记那儿纠缠刘书记，说刘书记要是把她提起来，她一定会把工作干好，一定会为歌颂党，歌颂社会主义，歌颂天津的工作，做出更大的贡献。说的一套一套，云山雾罩的。刘书记有时也跟焦翠兰调笑，据说有一次，刘书记对焦翠兰说："小焦，现在这儿就咱们俩人，又不是开会，你说这些官话套话干啥！你说得实在点儿。要是我把你提起来了，你准备咋谢我呀？"于是焦翠兰就不再说官话套话了，很直率地说："刘书记，我让你搞！"刘书记倒脸红了，说："你这个女同志说话咋比俺们当大兵的还粗！"红着脸走了。堂堂的刘书记倒让焦翠兰吓跑了。

倪说：但是刘书记也想搞啊！刘书记也是人啊！刘书记三十来岁正当年，身强力壮，他也想搞妇女啊！但是刘书记克制自己不能搞啊！一是刘书记在河北省委有个老领导，叫张春城，告诫过刘，说这些女人都是看上咱们的职务才黏过来的，说得难听一点就是把裤裆的东西来卖给咱的，就看你用国家的啥来买了。张春城警告刘书记千万别舒服了小头而掉了大头，就是说别最后让党砍了咱的脑袋！二是刘书记跟他的爱人感情不错。刘书记总觉得他爱人一个人带着两个孩子（当时刘青山最小的三儿子还没有出生——李唯注）不容易，他要是在外面搞这些事，对不住媳妇儿。

倪最后对刘婉香说：因此小邓子就是刘书记的长城防线！明白了吗？

刘婉香明白了，同时也明白他的第二套暗杀方案是彻底杀不了刘青山了。

刘婉香想了几天，后来决定，还是去杀张子善吧。要是能得手，好歹也算是杀了一个行动目标。刘婉香觉得领了国民党这么多的行动经费，要是连一个人都没杀了，挺对不起人家的。刘特务身上还是有着农民的厚道。

翌日，还是深夜一时左右，刘婉香溜出耳房，潜到张子善厢房窗根下，用刀尖拨开门闩潜入厢房的外屋，当他手提尖刀要进一步潜进张子善睡觉的里间屋时，猛地一下刹住了脚：刘婉香发现里屋张子善的床上睡着个女人！隔着里间的门，刘婉香看不见人，但他能听见那女人的声音，莺莺燕燕地，从里屋里飘出来，很是妩媚。从语气上，刘婉香判断出这不是张子善的老婆，是妍，因为他听见那女人喊张子善"张专员"，老婆不会这么喊。刘婉香听见那女人说："张专员，你尿不？"大约是问张子善性交完了之后要不要小解，要小解的话就把尿盆给他端过来。那妍对张子善倒是体贴得很。刘婉香听见张子善说他不尿，很黄色地说他该尿的都尿完了。尔后张子善说："小肖，咱俩个都拢在一个被窝里睡了,你咋还喊我张专员呢?以后没人的时候你就喊我老张。"那妍低声地笑,改了口,和张子善躺在被窝里说闲话。那妍说:"老张,你属啥的?"张子善说:"我属马,比刘书记小三岁,刘书记属兔。"那妍又笑,不说话,光笑。张子善问:"你笑啥呀?我属马,这很好笑吗?"那妍头笑笑地说:"老张,我看你是属驴的,见到漂亮女人就起骚。你们好多领导见到女的都起骚,要么不查,一查,身边都妍着有女人。我看你们领导都挺驴的!现在就刘书记还扛着。老张,你在这一点上咋不向刘书记学习,做一个你们开会时讲的那种共产党员呢?"刘婉香听见张子善也笑了,跟那女人推心置腹地,说了好大一通话。张子善有鼻息肉,鼻子不通,说话瓮声瓮气的,有些话刘婉香听不清楚,但大致意思能懂。张子善的大致意思是说:学啥呀,刘书记早晚也是扛不住的。为啥腐败那么多,怎么整治都整不住,因为腐败是件舒服的事儿,人能扛得住舒服吗?你说当领导的都挺驴的,没错,但这不能全怨领导。解放了,干部们都进城了,掌权了,共产党不再是过去山沟里的土八路没人搭理了,女人都嗡嗡嗡嗡地贴过来了,女人成天在身边这么来回晃着,把干部们的病都勾起来了,要想扛住不去搞女人,真的是挺难的!就好像放着厕所不让用。所以好多干部都出去找女人了,女人这个时候就等于是给咱们干部治病哩。张子善最后总结说:"女人,那是干部们的药啊!"

刘婉香听见张子善对那姘笑着说:你这味药我得长期使用啊!

那姘头说:那你得付药费……

刘婉香只有从张子善这儿也悄悄撤退了。

刘婉香确定他又一次杀不了刘青山和张子善,于是再次写情报向上级报告第二次暗杀行动失败。刘婉香在情报里说:共产党进城掌权之后,情况变了,女人的问题出现了,再也不是过去行军打仗睡大炕时光棍一条的八路军了,实在是不好杀了。这次没杀成确实是不能怨他!云云。

国民党上级部门回复说可以理解，说我们国民党就是让金钱和女人搞垮的，才丢了江山的，共产党正面临和我们国民党同样的局面。国民党上级指示说：不管怎么样，杀人才是硬道理！让刘婉香锲而不舍，继续坚持，把党国的暗杀任务进行到底。

刘婉香就按照上峰的指示在大院里再次寻找机会，伺机再次进行暗杀。

六、第三次暗杀

在接下去的几个月，刘婉香天天在大院里暗地观察着刘青山和张子善的动静。忽然有一天，刘婉香突然发现他的暗杀目标不见了！石家大院里一连好多天都没有再看见刘青山和张子善，两人住的厢房也上了锁，那些一到开饭就来唱梆子唱曲儿的粉头们也都不来了。开始刘婉香还想，是不是刘张又去石家庄河北省委开会了，过两天就会回来？但刘青山和张子善始终都没有再回来。刘婉香开始着急了，他再次拐弯抹角地去向倪科长打问。从倪嘴里问到的情况让刘婉香汗毛倒竖起来：原来刘青山和张子善是嫌石家大院的住宿条件不好，杨柳青又是郊区，什么好玩的都没有，日子过得清汤寡水的，已经干脆住到天津市里去了。而且一住就进了天津的五大道。五大道是天津过去的租界地，那一片地界都是过去天津卫下野官宦军阀商贾的别墅洋房，俗话说北京的四合院天津的小洋楼，刘青山和张子善到五大道住小洋楼去了，再也不回石家大院了！

刘婉香不禁急火攻心，简直都要急死了：暗杀目标都见不着了，这可怎么杀呀！

刘婉香必须尽快找到能再次和刘张近距离接触的机会，他当下惟一的办法就是要打入刘张住的小洋楼里去！刘婉香从倪科长嘴里打听到一个情况：倪说他一星期要去那小洋楼里两趟，去给刘书记送酒。刘青山喝酒只喝四川的曲酒，庶务科专门到四川泸州买了一批老窖来放在大院的库房里，倪过几天就得送几瓶过去，刘书记是顿顿要喝的。刘青山克制自己不乱搞女人，只在吃喝上放松自己让自己也享乐一下。一是他总要有个管道来释放一下人的欲望；二是刘青山看到在他的四周，从上面的省委到下面的县乡村镇，上上下下左左右右，大家都在吃喝，找各种机会以各种名义来吃喝。因为中共从来没有仅仅因为吃喝就撤职查办严惩过任何一个干部，从建国伊始到现在连一例都没有过，因此任何一个干部也就从不惧怕中共三令五申严禁公款吃喝的各种禁令。那些几十年一贯制颁布下来的禁令成了田里的稻草人，吓唬鸟的，因此中国就成了公款吃喝的超级大国，刘青山也就觉得吃喝这种事没啥大不了。是周围的现实告诉刘青山：吃吃喝喝，这个错误，可以犯！刘青山因此得以放纵。刘婉香想让倪把给刘青山送酒的差使给他，这是他能够顺理成章混进小洋楼里去的惟一机会。

但是这样就又得向中共的倪去行贿！

刘婉香真切地感受到了做这一行的痛苦，他想：干特务工作真是太难了，每往前迈一步都得行贿,不行贿就办不成任何事!刘婉香盘算着,上回给倪买了块表,这回送的礼肯定得比表贵,不然满足不了倪,就像老百姓说的:现在比物价涨得还快的,是领导干部贪污的增长速度。刘婉香决定给倪的婆娘买个戒指送去,他去金店看过,买枚戒指得六十块大洋,比上次行贿贵一倍!当刘婉香硬着头皮去找卖梨膏糖的老魏接头,要求追加这笔特别行动经费,老魏脸都绿了,骂骂咧咧的,说再这样下去国民党真是要被拖垮了!还说只要中共的干部继续这样受贿下去,就能最后彻底消灭国民党,解放台湾,实现两岸统一,哪用现在这么费劲儿!老魏真是国民党的特务,说话十分恶毒。老魏说这么多钱他做不了主,他得去请示他的上级。最后,国民党保密局京津冀绥远地下工作站经过再三研究,还是认为杀人才是硬道理,克服重重困难,从其它的费用中硬挤出六十元来交给刘婉香,买了一枚大粒的黄金戒指给倪送去。倪是农民,他认为戒指越大越重越黄就越好。

倪科长见到大而沉并且黄灿灿的戒指，果然高兴得不得了，把戒指放在嘴里又咬又舔进行检验，他确认是真货后，把戒指又递给刘婉香，说：给你嫂子送家去！

刘婉香不去接，说：科长，东西又不沉，你自个儿给嫂子戴上，不是很有爷们面子吗？

倪说：就是要让外人送去！让娘儿们看看，她男人，在外头，连大金馏子都有人送，那才真有爷们面子哩！

刘婉香就笑，心想：这老王八蛋，贪不说，还要在婆娘面前显摆！刘婉香接过戒指，说：那俺就给科长送家去！家不是在王庆坨吗，上回去过。

倪却诡秘地笑，说：不是那地儿了。

刘婉香说：换地方了？又搬到哪儿了？

倪的笑更诡秘了，笑里面还透着得意和陶醉，悄声细语地对刘婉香说：不是换地方了，而是，换人了。

刘婉香意想不到惊愕地叫出声来：啊！科长，你也……在外头挂上相好的了？！

倪说：领导都能整相好的，我凭啥不能？我向领导学习！倪说的是张子善。倪拍拍刘婉香的肩膀，脸上洋溢着只有新婚燕尔才有的幸福，看出倪的这个相好他才搞上没多久，正在新鲜劲头上，倪嘱咐道："给你新嫂子送去。"

刘特务只有去给倪新挂上的姘头送戒指，这是国民党特务的新业务。

倪的姘头是天津红桥区的一个底层街道妇女，姓名不详，户口簿上的名字是何张氏。倪虽然在外头挂相好，但是他很讲究度。倪平时聊天跟人说过：领导搞的都是女学生女干部，都是高级人儿，我级别不够，我不能越过领导去，啥事都得讲长幼尊卑先后顺序，我就凑合着找个底下的吧。于是倪就找了这个街道上的何张氏。何张氏不认识字，但认得黄金，见到刘婉香送来的金戒指，高兴得都要疯了。这是她生平第一次穿金戴银，这在过去的旧社会像她这样的劳动妇女是连想都不敢想的事情！何张氏很感谢刘婉香，待问清来人是姓刘时，何张氏很诚心很实在地对刘婉香说："刘同志，尽管你是看俺们家老倪的面子来送我戒指,但俺还是要好好谢谢你!俺也拿不出啥好的来谢,俺也是个实在人,不会说那些个虚头巴脑的,这样吧,俺和你们科长相好,你要是也想乐呵乐呵的话,那你也来。"何张氏说着就宽衣解带,要感谢一下刘婉香。刘婉香吓了一跳,一时迟疑着。刘婉香也很想做性事,自从他来到天津当特务,已经好几个月了,他都没有碰过女人。但刘婉香还是克制住了。刘婉香想:他要是和这个何张氏搞了,万一哪天她嘴一松,露给了倪科长,那一切事情就彻底砸了!刘婉香想到党国的任务,克制住自己,婉拒了何张氏,说:"大姐,谢谢你了,你是俺们领导的人,我哪能不尊重领导呢!"何张氏说:"刘同志你不搞啊?那行,我可是实心实意想要谢你的,是你不让谢的。"刘婉香说:"是,是我不用你谢的!"何张氏却接着说:"刘同志,虽说你不让俺谢你,但有句话俺还是要跟你说。"何张氏让刘婉香没有想到地把那枚戒指又还给了他,说:"刘同志,老话说,送人要送双,送双心意长！你单给俺送个戒指，俺看你对俺们家老倪还是不够实心！"何张氏说，如果刘婉香真是有心的话，就再给她买条金项链，和这金戒指配成双，要是就单送个戒指，她不要。

刘婉香简直傻了，何张氏，这娘们儿，是趁机在敲他啊！刘婉香攥着戒指发懵地走出何张氏的家，走到大街上，他不知道往哪里去，就在马路牙子上蹲下来发呆。刘婉香不知道该怎么办了。再买一条金项链，少说还得再花几十块大洋，这咋再开口去要啊！刘婉香觉得他再没法向国民党去张口要钱了，买戒指的钱还是国民党工作站从牙缝里抠出来的呢，再去要钱，国民党肯定跟他急了！说不定国民党根本就不信这项链是行动对象开口要的，还会认为是他刘婉香想乘机敲诈党国一条金项链哩，一急之下，把他杀了都难说！可是，如果不给何张氏买这条金项链，倪就不会把他调进小洋楼去，他拿了国民党的钱买了戒指，却连暗杀目标都接近不了，党国不是更要杀他吗！！刘婉香越想后果越严重，心如刀绞。刘婉香想起当初倪的婆娘开口向他要东西，才不过要一罐咸盐，这才没过多长时间，就贪成了这样，这腐败的速度也太快了吧，还让不让人活了！国民党特务刘婉香发愁地在马路上哭了起来。

刘特务被逼哭了。

刘婉香哭着想：实在没有办法，那就只有去偷了。

刘婉香被捕后在审讯时交代：1951年2月前后，因为没钱给倪科长的外室买项链，他只有去偷猪卖。他只会偷猪，别的不会，和猪打交道是他擅长的。他在地委机关食堂先拿了馒头，用酒泡了，揣在兜里，又利用他在石家大院当勤杂工的便利，把大院里运垃圾的架子车也偷了出来，到杨柳青周边的村子里去偷。他有本事嘴里"啾啾啾"地叫，就能把肥猪引逗得自己一路小跑过来，这都是他过去骗猪时学来的。尔后他就喂那跑过来的猪吃泡了酒的馒头，让猪醉倒，扛到架子车上拉到杨柳青街上的肉铺去卖。有时也拉到天津市里做肉罐头的厂子去卖。一头猪能卖一块半到两块大洋。为了能快挣钱,他也偷过驴、马和骡子,这些大牲口卖的钱多。到凑够买项链的钱,他就不偷了。去村里偷这些牲口是很危险的,他光让狗就咬过三次,最惨的一次是让一只大柴狗一口就把腿肚子上的一块肉撕扯了下来,他去给何张氏送项链的时候,腿上还裹着纱布,走道一瘸一拐的。

何张氏戴上了金戒指和金项链,高兴惨了,倪科长再来跟她睡觉时,她主动对倪说:"老倪,你要不给人家刘同志办事,你没良心!从今往后你个老东西不要再来睡我!"

倪科长抱着何张氏说:"你放心吧!"

倪第二日就把刘婉香的工作从扫地掏茅厕的勤杂升格调整为内勤,把他调到刘青山和张子善身边去工作。又过了几日,让刘婉香万没想到的是:倪又把他发展入了党,让他成为了一名共产党员!倪同时还兼着庶务科的党支部书记,负责发展党员的工作。倪按照何张氏的嘱咐,要好好感谢一下刘婉香。

成为了共产党员的国民党特务刘婉香就顺

利走进了天津大理道1号。

　　大理道是天津著名的五大道之一，大理道1号是直隶北洋军阀蔡成勋的旧宅，刘青山和张子善最初搬来五大道就先住在这栋别墅里。蔡成勋，字虎臣，在1921年靳云鹏出任北洋政府国务总理时，被靳任命为陆军总长，相当于全国陆军总司令。蔡总长的别墅是一座中西合璧建筑，占地2100平方米，青砖红瓦，亭台楼阁，屋内却又是法式风格，樱桃木的地板，荷兰孔雀石的壁炉，极尽奢华。刘青山住二楼，张子善住三楼，一楼住着警卫、秘书、内勤，以及厨师们。刘青山和张子善把在石家大院给他们做饭伺候他们的全套班子又都带到这儿来了。刘婉香第一次被倪科长领着踏进这里，一路看过来，都看傻了，像是踏入了仙宫。进到大的像跳舞厅一样的厨房，处处美轮美奂，刘婉香顺手从碗橱里取出一个小碗来看，他看那小碗白亮白亮的，迎着阳光一照，像绵纸一样地透，很是好看。倪一回头，看见了，慌得像看见刘婉香在杀人一样地奔过来，接住那碗，小心翼翼地又捧回碗柜里去，骂刘婉香："你要死啊！"倪说这是皇上用的，是宫里的东西。是溥仪被冯玉祥撵出紫禁城，来到天津下野，从宫里带出来的。后来溥仪在天津人吃马喂，钱上出现紧张，就开始变卖带来的家产，这套餐具就是蔡成勋从溥仪手里买来的。倪说这碗是和田玉的，当初在宫里，一个，就值七十两银子，要买米，能买一大船！倪骂刘婉香，说刘书记和张专员现在就用这碗吃饭呢！你要是失手打烂了一个，首长不骂死你！刘婉香吓了一大跳，他倒不是怕刘青山张子善会骂他，而是怕他一松手，一大船的米就全淹到河里去了！

　　刘婉香后来知道，刘张变得这样奢华讲究，跟女商人张文仪有关。刘青山和张子善那时已经开始和张文仪合伙做生意了。刘张挪用公款贪污搞钱主要是张文仪和她丈夫从中穿针引线的。张文仪不断介绍天津卫地面上的各路商贾大亨给刘青山张子善认识，刘张也就不断地在大理道1号别墅里广宴宾客。刘张需要通过和这些资本家做生意来帮助他俩洗钱。这也是刘张决定从土砖土瓦的杨柳青石家大院搬到这小洋楼里的缘由之一：他们需要一个能和资本家打交道的高级平台。和资本家打交道，房子要精致，饭菜要精致，盛菜盛饭的碗碟要精致，吃饭的人也要精致。刘青山和张子善都生平第一次穿起了西装，打起了领带，倪科长还特地给刘青山弄了一副钻石袖扣别上，让刘书记一挥手，一道晶亮，凌空闪过。

但刘婉香发现刘青山其实并不喜欢这种生活。

刘婉香在大理道1号没办法大便，因为蔡公馆楼上楼下的厕所里都是西洋的抽水马桶，而刘婉香从出生到现在，一直都是蹲着拉野屎的，坐在抽水马桶上他拉不出屎来。憋得实在难受，刘婉香就趁一清早公馆里的人还没起床，手里掂把工兵锹，溜到蔡公馆的花园里去，在桃红柳绿中找个角落，拉一泡野屎，尔后用锹挖个坑，埋了。刘婉香天天这样解决拉屎的问题。这一日的清早，刘婉香又掂着铁锹去方便，待他蹑手蹑脚溜到平时出恭的地方，一看，魂飞魄散，像看见了炸弹，吓得他转身就要跑。

刘青山也蹲在花园里在拉屎！

刘青山看见刘婉香惊吓地要跑，忙喊住他，问清刘婉香也是来拉的，刘青山说他也是坐在抽水马桶上拉不出来，也是没办法溜到这儿来解决的。刘青山让刘婉香悄悄地，别嚷，说他一个地委书记，在公馆的花园里拉屎，嚷出去，让天津人民知道了，形象不好。刘青山悄声地邀请刘婉香："一块儿拉吧。正好你带着锹，一会儿把我的屎也埋了。"

刘婉香就战战兢兢地蹲在刘青山旁边和他一块拉屎。

刘青山拉着屎，骂蔡成勋，说："狗日的反动派，造个大房子，让劳动人民没法拉屎嘛！"刘青山说他带兵打仗几十年，从来都是在野地里蹲着拉野屎的，就是进城到了石家大院，那茅厕也是蹲坑，啥时候坐着拉过屎！刘青山诉苦说他住进这蔡公馆，一切都要照洋规矩来，装模作样的，用现在的话说就是整天装逼，都要把他憋死了！但是，难受也得捱着，没办法不装逼。刘青山感慨地说："还是过去打仗受苦的时候痛快啊，没这么多的鸡巴事儿！"

刘青山拉完屎，在地上捡一块土坷垃擦了屁股，顺手也给刘婉香捡了一块，让刘婉香拉完也用这个擦。刘青山说，在野地里拉野屎，还是用这个擦着痛快，感觉是那个劲儿！

刘青山对刘婉香说："别忘本。"

刘青山悄悄溜回公馆里去，一进门，就又是戴钻石袖扣的刘书记了。

刘婉香看着刘青山离去的背影，觉得他其实也挺可爱的，他都有点儿舍不得杀刘青山了。

刘婉香在大理道1号一面给刘青山张子善来来回回送酒，跑前跑后地伺候他们，一面四处观察寻找着下手杀他们的时机。半个多月以后，刘婉香确认这里是杀刘青山和张子善的最佳场所，再没有比在五大道这里展开暗杀行动更容易的地方了！刘婉香制定了一份详细的暗杀方案，向国民党保密局上级进行报告。这份报告刘婉香整整写了四天，因为要说的话比较多，有好多字他不会写，需要画符号来代替，因此就写得很慢。四天以后，刘特务这份错别字连篇加各种符号的情报完成送了出去，让国民党的长官犹如看天书一般，连蒙带猜，看了差不多整整一天，才大致明白了刘特务的意思，创造了国民党特务史上写情报和看情报最长时间的纪录。

刘婉香的方案，归纳起来，大体意思是：首先，要在大理道1号别墅附近再租一套别墅。刘婉香说他通过十多天来的侦察，发现大理道48号的房子很合适。48号是军阀买办陈光远的别墅。陈光远是天津武清县人，1918年当过江西省的督军，后来又做买卖，全国有名的开滦矿务公司都有他的份儿。陈光远家的这座洋楼比蔡成勋家的还要大还要阔气。陈光远在1939年死了以后陈家就开始败了，子孙们把家产都差不多变卖光了，现在，陈家的后人想把这最后的一套别墅也租出去换钱，这是党国趁机租下这套房子的最好时机。为什么开展暗杀行动要先租房呢？而且为什么要租这么高级的房子呢？因为现在刘青山和张子善，这两个暗杀目标，他们就住的很高级！刘张现在的生活水准已经进入很高级的层面了，我们国民党必须要跟他们对等起来。只有租下48号那样的别墅，我们的特工才能伪装成大老板大资本家住进来，才能和刘青山张子善交上朋友，才能经常把他们请到家里来吃吃喝喝，才能同时再找些女的来陪他们吃喝、玩儿，如果刘张想和这些女的睡觉，那更好，就让她们使劲儿去睡。刘和张，特别是张，喜欢这个，肯定会来睡，只要刘张肯过来吃饭睡觉，那就绝对有机会在48号杀了他们！刘婉香说他已经初步接触了陈家的后人，陈家后人开的租金是每月1000大洋。另外，既然我们的特工伪装成了大老板大资本家，那么除了租房子，总还要再雇些厨子、花匠、拉包月的车夫、老妈子什么的，不然跟身份不相符。雇这些人，加上吃喝挑费，怎么着也得每月再花个四五百大洋的，资本家嘛，出手不能太小气了。像刘青山张子善如今在大理道1号请客,一顿饭的钱,都得在几百和一千大洋上看!刘婉香说只要我们党国也把钱花到了,把饵料投放够,肯定能把刘张钩了过来,保证圆满完成暗杀任务!

国民党上级的批复在几天后来了,上级的回复很简洁,就一句话,如下:

"太贵了,杀不起!"

国民党极其困难紧张的行动经费,实在担负不起中共暗杀目标的腐化程度,因此没有批准这次暗杀行动。

七、第四次暗杀

第四次对刘青山和张子善的暗杀,是在据刘婉香的方案被否决的五个月之后,这次行动是台湾国民党保密局总部亲自部署的。之所以国民党保密局最高层要直接指挥对刘张的暗杀,是因为刘张的情况突然发生了很大的变化,引起了包括蒋介石在内的高度重视:1950年年底,中共决定在天津杨村修建军用机场。这是中共建国初期在华北修建的第一个军用机场。目的在于拱卫京畿,一旦发生战争,天津北京近在咫尺,战机可迅速升空,取得北京地区的制空权,保卫中共中央首脑机关,具有极其重要的军事战略作用。而负责修建杨村机场土建工程方面的总指挥正是刘青山和张子善!中央军委把修建杨村机场特别是土建部分的任务交给了天津地委和天津行署。刘青山和张子善的名字因此摆上了国民党最高层的桌面。台湾保密局郑介民局长亲自指示:不惜代价,杀掉中共修建杨村机场的负责长官,想尽一切办法进行破坏,达到阻挠和拖延该机场的建成。命令于1950年8月下达到保密局大陆京津冀绥地下工作站,同时特别行动经费也与当月一起下拨。

任何事情,只要领导一重视,那就好办了,这对于国民党和共产党都一样。国民党工作站接到总部的指示后,特别是拿到了钱,工作热情和积极性高涨,经反复研究权衡,最后决定采用刘婉香上次被否决的方案,下决心租下天津大理道48号陈光远的住宅,尔后派特工人员伪装成从关外绥远来天津做生意的皮毛商人,住进陈家,设法接近1号的刘青山和张子善,伺机对其进行猎杀。六天以后,一名叫高长捷的专职特工火速从包头来到天津,以绥远皮货贸易商行董事长的身份租下并住进了大理道48号,开始全面筹备部署。高长捷在潜入天津的当天就召见了刘婉香,高给刘婉香的任务是让他务必能在大理道1号别墅站稳脚跟,以便在暗杀行动展开时,起到内部策应的作用。

刘婉香同意当策应,但他向高长捷提出了要求,要求高长捷先给他三十块钱。说既然这回咱们党国的财政上拨钱了,那么他也要求增加他的行动经费。刘婉香说他能不能在大理道1号站稳脚跟,不又被撵回杨柳青石家大院去做勤杂,他自己说了不算,这得中共的倪科长说了算,所以他得再向倪去送礼行贿。刘婉香说他这回准备给倪买双皮鞋,加上买鞋油什么的,差不多就得三十大洋。

高长捷一听,急了,说刘婉香:你怎么

又要钱啊！据工作站说，你不是前几个月刚给中共的行动对象花一百二十多块大洋买了金戒指和金项链吗，怎么又要去行贿？！这频率也太高了吧？难道中共的干部整天不干别的光贪污吗？！

刘婉香说：这有啥稀奇的！我听人家说，中共的有些干部，专业是贪污，副业才是工作。

高长捷说：那一双皮鞋咋能花三十块！你去问蒋委员长脚上的鞋能值三十大洋不？

刘婉香说：蒋委员长咋能跟中共的干部比呢？中共的一些干部，吃的穿的用的，都是人家送的！既然是送，那就要送最好的，最贵的！

高长捷硬邦邦地说：没钱！上级给我的行动经费，都是一个萝卜一个坑，没闲钱！

刘婉香转身就走，说：没钱你去杀狗吧，杀狗不要花钱。

高长捷只有拉住刘婉香，咬牙切齿地对刘婉香说："0471，我日……！"骂完刘婉香的娘后，无可奈何地，高长捷给了刘婉香三十大洋。

刘婉香拿到钱，乐滋滋地笑了。这钱刘婉香不是去向倪科长送礼行贿的，倪已经答应刘婉香今后长期在大理道1号工作了，这钱刘婉香是自己想贪污的。刘婉香回回给倪科长送礼行贿，看到中共的倪只要逮着空儿就想着法儿捞钱，他就想：我为啥就这么傻呢？我为啥就这么实在呢？中共的倪，原先也是老实人，顶多有点小贪心，贪个灯油咸盐啥的，也是穷得叮当响，他不断向他周围的干部学，现在赚的是盆满缸满，那我为啥不能向人家中共的倪学也想法子去弄钱呢？所以刘婉香就决定，只要有机会，他也贪污！

国民党特务刘婉香在不断向中共行动对象的行贿中，他自己也学坏了。

在接下来的时间里，刘婉香和高长捷分头各自抓紧行动。根据档案记载：国民党中校特工高长捷于1951年8月9日正式入住大理道48号之后，随即，一批招聘的厨师、司机、保姆、门房等雇员也都入住了陈公馆。高长捷还于入住的次日去物色了将来行动可能会用到的女色，一共五名，各有其娇媚，对这些女色都提前预付了定金，以便随叫随到，不耽误到时候使用。待一切准备工作都落实了之后，高长捷又秘密来跟刘婉香接头，再次给刘婉香布置任务：让刘婉香提供刘青山和张子善从8月17号到8月24号这一个星期晚上的日程安排，以便于高长捷选择最合适的一天对刘张展开行动。

　　刘婉香回去后拐弯抹角从倪科长那里套出了高长捷所需的情报。根据倪所提供，刘青山和张子善只有8月11号的晚上有空，而这一星期的其它晚上，统统都安排满了饭局。刘婉香来报告了高长捷。高长捷于是决定就在8月11号晚上行动。天津有个风俗，在搬进新居时要请邻里和好友来新居吃饭玩乐一下，天津人把这叫做"暖居"，高长捷决定就以暖居的名义邀请邻居刘青山和张子善来48号赴宴。席间以女色环绕左右，如果能将刘张留宿，那最好不过，在香熏温软之中，将其杀掉。高长捷把两份请柬交给刘婉香，叮嘱他务必要在8月11

日一早把请柬当面交给刘青山和张子善。

在刘张专案的档案材料中，在一份刘婉香的审讯交代里，专门提到了8月11日这一天的情况。刘婉香交代说：1951年8月11日，在这头一天，也就是8月10号，他回杨柳青给刘青山和张子善取酒去了。蔡公馆里的酒又喝完了，因为天天有宴请，那酒下得很快。第二天，8月11号，当刘婉香带着酒从石家大院坐地委的吉普车来到大理道1号，一走进蔡公馆，他人整个傻了：公馆人去楼空，刘青山和张子善人没了！那些秘书、警卫、厨师统统也都没了。连倪科长都不见了！整栋小洋楼里只剩下一个看门的门房。那门房刘婉香是认得的，姓张，是杨柳青镇张家窝村的人，被倪科长招了来看门。刘婉香急忙去问张这是咋回事啊？老张说：刘书记和张专员昨晚连夜就走了，不知去哪儿了。走的时候慌里慌张的，好像是逃跑，也不知道出了啥事。刘婉香顿时慌了，且百思不得其解，按刘青山的说法，在天津卫，毛主席老大，林书记老二，他刘青山老三，到底发生了什么事,是谁这么大的牛屁,要让刘老三都惊慌失措地连夜逃跑呢?难道是毛主席来天津了吗?

刘婉香顾不得特工秘密接头的纪律,没有事先约定,出门直接就窜到48号去,去给高长捷报告。48号陈公馆里,这时为迎接刘青山张子善晚上的到来,一切都在紧张地进行。厨房里烹炸炖煮,烟气弥漫。那些女色也来了,都在描眉画鬓,往脖颈以及胳肢窝等部位一个劲儿地扑香粉,弄的都跟粉蒸肉似的,准备将中共领导一举拿下。高长捷猛一听这个情况,也傻了,整个人呆若木鸡:都准备到这个份儿上了,菜都下锅了。粉头们都扮上了,箭在弦上,怎么能出这种事呢!菜可以浪费,粉头婊子们也可以来日再扮上,反正功能随时都在,问题的关键在于如果暗杀目标没了踪影,那国民党花了这么大一通财力物力人力精心布下的局,不就顷刻间灰飞烟灭了吗?!高长捷心急如焚,命令刘婉香:火速赶回杨柳青中共地委机关,不惜一切代价弄清真相!

刘婉香又急忙往杨柳青赶。由于回去已经没有车了,他只有步行。大理道离杨柳青有几十公里路,走到天黑,等刘婉香终于跨进石家大院,他再一次傻眼了:石家大院也人去屋空了!早上还闹哄哄的大院就像人全死光了一样地寂静。整个地委和行署机关也是只剩下一个门卫在冷清清的院里溜达。一问那门卫,门卫说:刘书记和张专员命令所有的人今天全部都上杨村机场工地,谁不去就处分谁,跟要地震了一样地紧急!刘婉香心里愈发地慌乱,不知什么祸事要临头了,他假借刘青山的名义去司机班要了个车就往杨村奔。到了杨村工地,刘婉香看到工地上红旗招展,火把通明,到处张贴着标语,那标语上的糨糊还没干透,看得出刚贴上去不久的。工地上四处搭建着施工队伍的窝棚,刘婉香一路寻找过去,一路上看到的尽是地委和行署的干部掂着铁锹和民工一起挖土干活。在最大的一个窝棚里,他终于看到了失踪了的刘青山和张子善!令刘婉香惊异的是,刘青山和张子善甚至把铺都搬来了,他们的地铺和民工们的地铺搭在一起，铺上都是一律的薄绿行军被。刘青山和张子善也和民工们一样在工地上挖土方推小车，两人都是一样的灰头土脸，干到天都黑了，才收工回来吃晚饭，饭是一律的窝头咸菜高粱米稀粥。没有酒，没有四碟八碗的菜，更没有戏子和粉头们的唱，刘张和民工们一样就蹲在窝棚地上吃，和大家一样喝粥喝得一片吸溜吸溜地响。刘婉香当年在大宋楼村看到的老八路的作风又回来了！刘婉香在人堆里看到倪科长也蹲在地上喝粥，在这一年里早就吃得像粉蒸肉一样肥腴的倪也和农民工一样吃着这糙食，高粱陈米粥里的沙子硌得他直皱眉咧嘴。

刘婉香溜过去，问倪：是啥厉害的人要来了，把弟兄们都紧张成这样？

倪惊慌地捂住刘婉香的嘴，声音压得极小，像蚊子在舞动，说：别嚷，别嚷！你要死了这样大声说！尔后倪科长俯到刘婉香耳边，悄声说了缘由，于是刘姓特务婉香听到了一个以前在国民党那里从未听到过的新名词，这个名词在倪的嘴里就像炸弹爆炸。

倪说的是：检查团来了！

检查团是由河北省委书记处书记张春城亲自带领下来的。张春城是刘青山和张子善在晋察冀时的老首长，是河北省委有名的铁面包公。河北省委办公厅打电话通知天津地委和行署说张书记要来检查，刘青山张子善立刻连夜进行部署，到张春城的检查团踏进杨村机场工地的时候，张书记眼前看到的是一个让他激动不已的沸腾场面：红旗招展，人山人海，铁锹飞舞，车辆穿梭，口号震天！

张春城说："这才像个建设社会主义新中国的样子嘛！"

刘青山和张子善一左一右谦恭地围在张春城身边，陪张书记一路看来。站在人群里的刘婉香惊愕地看着刘青山和张子善变得简直都不认得了，和在大理道1号别墅时比，彻底判若两人：刘青山和张子善比民工还要民工，两人都是破衣烂衫，尤其是刘青山，一身衣服像是从老坟里扒出来的，烂得连民工都不穿。两人从头到脚黄尘滚滚，土渣儿不住往下掉，仿佛成年累月在工地上干片刻都没离开过，两人走在张春城旁边，像庙里两个会走道的泥塑。

刘青山汇报说："张书记，我和子善，还有同志们，我们是恨不得一分钟掰成几瓣儿来用啊，大家伙儿是连一秒钟都不敢歇，都憋着哪怕早一秒钟把这工作完成啊！"

张子善说："是啊，青山和我，还有同志们，我们是干在工地，吃在工地，睡在工地，这工地就跟我们的媳妇似地！"

刘青山说："比媳妇要亲得多，媳妇还有个搂烦了的时候哩！"

张子善说："是啊，大家伙儿在工地上一干就没个够！"

刘青山说："有时候连水都顾不上喝！"

张子善说："别说喝水，连饭都不吃！"

刘青山说："有病了，就灌一肚子开水！"

张子善说："干出一身汗来，啥病都好了！"

刘青山说："我跟子善说过，我们俩带头，谁要是有一丝一毫的贪图享乐，谁就提着脑袋见毛主席去！"

张子善说："是啊，干革命还图享乐，你配当一名共产党员吗……"

刘婉香远远地站在人群里，听得瞠目结舌，心想：这中共干部的瞎话、大话、套话，咋张嘴就来啊？刘特务听得直犯傻。

张春城满意得直微笑，对于一个老布尔什维克，这是最动听的语言，刘青山和张子善直接就捅到铁面包公张春城的心坎里去了。张春城收起笑，绷紧脸，对他的这两个老部下说："青山，子善，有人可到我那儿去反映你们俩了啊，说你们俩在天津是吃喝玩乐成天享福，有没有这回事啊？要不要我去查你们俩啊？"

刘青山极其严肃认真地："张书记，您一定得去查，您必须去查！"

张子善说："张书记，您要是不去查，我斗胆跟老首长您说句话：您就是严重失职！"

刘青山说："张书记，这么说吧，我和子善，我们的每一个细胞都随时接受党的审查！"

张子善说："还有我们的灵魂！"

张春城开心地哈哈笑，部下的成长和进步是他最高兴的事儿，查与不查，都在这开心的笑里了。张春城看着一身破衣烂衫的刘青山，心疼地说："青山啊，你也去买身稍微好点的衣服穿啊！虽说我们要大力提倡艰苦朴素，可你好歹也是个地委书记啊，你对外也有个形象问题啊！"

刘青山说："张书记，我有好衣服！"

张子善在一旁说："你得了吧，就你那一身蓝布褂子算啥好衣服啊！"他扭脸对张春城揭发刘青山，说："张书记，青山就那一身稍微像样点儿的衣服，平时舍不得穿，只有上省里开会，去见个外宾，才穿。张书记，青山生活困难呐，家里孩子多，范勇同志又有病，地委研究了几次，要给青山困难补助，可青山死活不要，张书记您得批评他呀！"

刘青山跟张子善急了，说："子善，你跟张书记说这个干啥，你看你这个人！"

张春城意想不到地愣住，难过地说："青山啊，我不知道你生活过成这样，我失职，我对你关心不够啊!"他说着,就去掏自己的口袋,把自己的津贴费全掏了出来,又把秘书身上带的钱也全借了过来,一起递给刘青山,说:"青山,你不要国家的补助,好!你这个模范带头作用起得好。这是我给你的补助,你拿着,去买衣服!"

刘青山坚决不拿,说:"张书记,我绝对不要!"

张春城急了,眼一瞪,吼道:"刘青山,你敢不要!!!"

刘青山不敢说话了,低头沉默着,过了一会儿,他哭了起来,哭着对张春城说:"老首长啊,我也是人啊,我也想把日子过得好点啊,可有一条原则,我不敢违背啊!您刚才说,我是地委书记,我对外有个形象问题,可我想,啥才是一个共产党员的对外形象呢?那就是:吃的要永远比老百姓差,住的要永远比老百姓赖,穿的要永远比老百姓破!张书记,在您面前,我是个小小的干部,可有句老话说:位卑未敢忘忧国,我这个干部再小,我到啥时候也不敢忘了我是个共产党员啊！"

张春城猛地转过脸去，用手捂住眼睛，不让刘青山和张子善看到自己忍不住要流出来的眼泪。张书记被感动得哭了。张春城默默暗自垂泪了数分钟之久，最后，转过身，抬起手臂，一个老战士，向刘青山举手敬礼。

张春城后来说：他这是代表新中国向刘青山同志致敬！

刘婉香，刘特务，彻底看傻了。

张春城书记带着检查团完成检查回到石家庄，在省委扩大会议上大力表彰天津地委和行署，号召全省干部向刘青山和张子善，特别是要向刘青山同志这样优秀的党的好干部学习！刘青山在那一年（1951年4月——李唯注）被河北省委推荐评为全国优秀政工干部。

国民党方面则大为光火：花了这么多的钱，作了这么多的准备，却连暗杀目标的具体行踪都不清楚！国民党晋察冀绥地下工作站把火气都集中在了刘婉香身上：这钱都是刘婉香一笔一笔花出去的，光是送礼行贿，就花了不老少！特别是这次行动，事到临头，刘婉香又多要了三十块，说是给中共的行动对象去买鞋。买鞋就买鞋吧，你倒是让行动对象提供一点准确情报啊，结果呢，连刘青山张子善要去迎接对付检查团这种事情都不知道！党国的钱都花在狗身上去了？！国民党工作站领导让高长捷对刘婉香进行审查，问问刘婉香这钱都是怎么花的。国民党也是有审计制度的。高长捷对于这件事也是极为恼火，奉命叫来刘婉香，黑着脸，先掏出手枪来拍在桌上，让刘婉香对党国说清楚！

刘婉香一下面对带枪的审查，想起自己贪污的事，吓得怔住，尔后，他像刘青山那样哭了起来，像刘青山那样撕心裂肺地开始哭诉，絮絮叨叨，车轱辘话来回说，把一团伤心和委屈全捧给了高长捷。刘婉香的话，概括起来，大致意思是说：你们党国这样对我，也太不相信自己的同志了！你们怀疑我贪污公款，其实，就你们给的那仨瓜俩枣，根本就不够！中共的干部现在都吃肥了，胃口都大了，为了贿赂工作对象，获取情报，我没少往里贴钱啊！可我穷得当当响，我哪来的钱啊，我只有自己想办法去弄钱。我看到蔡公馆里，刘青山张子善喝剩的空酒瓶子堆了半间屋子，我就把酒瓶子偷出去卖，卖给街上收破烂的，换点儿钱，回来给中共的老倪送礼行贿。我，一个党国的特工，为了党国的事业，我去捡破烂卖啊！这些，我给你们组织上说过吗？我没给党国说的还多了！卖酒瓶子那点儿钱，哪够送礼啊，没办法，后来，我只有去卖血！为了党国，我去卖血啊！！！我卖血换钱去行贿！现在，我每天早上起来头都晕，腿软得像面条，这都是卖血卖的！这些，我都给你们组织上提过一句吗？！至于情报不准，那是因为中共的事情老变，中共自己都说计划不如变化快，这也是没办法的事儿。最后，我想说一句：老高啊，你是中校，我屁的校也不是，在你面前，我是个小小的特工，可我再渺小，位卑未敢忘忧国，我到啥时候也不敢忘了我是个国民党员啊，党的事业在我心中啊！刘婉香声情并茂地说着，哭得稀里哗啦的。

　　高长捷被深深感动了,将手枪收起来,上前抱住刘婉香,说:同志,对不起,组织上错怪你了!又解释说党国这也是着急了,毕竟在财政这么困难的情况下,这么多钱花了出去却没有一点进展,实在是心焦!高长捷随后向国民党工作站领导进行了情况说明,同时把刘婉香的先进事迹也向上级进行了汇报,上级领导听了也很感动,决定要奖励刘婉香来激励其他的特务。国民党这时在内部也开始实行精神奖励和物质奖励相结合,以精神奖励为主的做法,经过研究,把刘婉香评为了年度先进特务。

　　刘婉香听说自己被评为了先进,喜滋滋地乐,觉得刘青山张子善他们的这一招真是不错,管用!他决定以后就用这一招也经常来向自己的党进行坑蒙骗。同时刘婉香也明白了,越是优秀,越是先进,就越有可能是大贪大奸大恶之人。国民党特务刘婉香在向中共工作对象渗透的过程中,除了学会贪污,还学会了欺骗组织,进一步地学坏了。

刘青山张子善在检查团走后的当天晚上就搬回了大理道1号，刘张又重新西装革履，别上了钻石袖扣，蔡公馆内又开始豪宴宾客，一切都照旧进行。国民党工作站看到刘青山张子善又回来腐化了，大大松了一口气，高长捷让刘婉香赶紧去把上次没送出去的请柬送给刘张，争取刘张这次能如期赴约。刘青山和张子善接到请柬，两人倒是都表示出兴趣来，说可以过来大家一起玩一玩。张子善还为此找了一个政治上的说法，说：我们共产党也要广泛联络和团结包括工商业在内的各界人士嘛，要积极开展统战工作嘛。把过来寻欢作乐提高到了党的建设的高度上。有了这个政治高度的说法，那底下什么事儿都可以放心地去做了。但是刘青山和张子善又都说他们这段时间可去不了，他们都很累，得先歇歇，把身子骨养两天。国民党方面心急如焚，眼看着经费一天天流水一样地花出去，但也只能怨检查团把暗杀目标累坏了，只能坚守等待。熬到十天以后，高长捷再次让刘婉香给刘张把请柬送去。刘青山和张子善这次爽快地答应第二天晚上过来。国民党方面喜出望外，真是望穿秋水啊！48号上下又开始了紧张的战前准备，烹煮煎炸的工序再次展开，香气在公馆里又弥漫开来。那些女色们又都来了，又都一个个地扮上，胳肢窝里又都扑好了粉，又像粉蒸肉再次上了笼，就等着中共的同志来吃。傍晚时分，刘婉香从杨柳青赶了过来，准备陪刘青山和张子善过到48号去，一场筹划已久历经坎坷终于到了致命一击的暗杀将正式展开！刘婉香一推开蔡公馆的门，顿时又傻了：大理道1号再一次人去楼空！他一问门房，门房说刘书记和张专员在一大早又紧急地返回杨村机场工地去了，所有秘书警卫厨师等一干人员又都散了，偌大的公馆又只剩下了一个门房看守。

刘婉香惊愕万分地问：为啥又要跑啊？！

门房说：又一个检查团来了！

刘青山和张子善被捕后在接受审讯时，两人分别都提到了检查团，这在档案中有专门的文字记载。根据记载，刘青山交代说：从1950

年初他们到天津上任，到 1951 年 8 月他们被中央批捕，这期间他们迎接的检查团，以及还有什么工作组、巡视组、督导组之类的，十天一小团，半月一大团。有党风党纪大检查，政治学习大检查，财务大检查，还有卫生大检查，防火大检查，防空大检查，保密防谍大检查，刘青山说在 1951 年甚至还有一个天津市储备过冬大白菜检查团……各种检查团多如过江之鲫。每一个检查团的到来都让刘青山和张子善的神经紧绷，刘青山在交代中说，每一次迎接检查团，他都像在刀子上舐血，心惊肉跳。他和张子善两人贪污挪用公款 117 亿人民币（旧币。1 亿元相当于 1 万元——李唯注），那么大的窟窿，处处都是痕迹，任何一个检查团哪怕有一点点的警觉和怀疑，他和老张早就完了，根本就等不到 1951 年 8 月才被捕，也根本就贪污不了那么多钱！但是刘青山和张子善又都肯定地说：不过检查团多是多，也没啥大不了的，顶多就是人累点儿，满嘴的假话成天来回说，嗓子有点受不了。张子善对此有一个总结，他说："各种各样名目的检查团，其实全都是同一项检查内容：就是来检查表演的。下面的人，无论你干了什么坏事，只要你表演到位了，基本上所有检查团全都能扛过去。检查团说白了就是一个屁，噗地一声放下来，除了污染空气，什么功能都没有。"张子善说像他和老刘就扛到了最后，如果不是地委内部有人把他们告到了中央去，中央专门派人来天津查办，他们到现在还扛着哩。

但是国民党方面扛不下去了！中共的检查团惟一起到打击作用的是国民党，那些林林总总的检查团要把国民党拖垮了。高长捷奉命在大理道48号坚持了数月，在刘婉香的努力配合和策应下，苦苦等待着杀刘青山和张子善的机会，其间至少有四次刘张几乎就要踏进48号了，均被中共高密度的检查团事到临头又拽走。好不容易检查团走了，但暗杀目标也由于过于猛烈地表演而累坏了，需要好好休息，不休息就没法来吃喝玩乐。等到暗杀目标歇好了，可以实施暗杀计划了，又一拨检查团来了！国民党的钱就这样一天一天毫无效率地花出去，一次次提前准备宴席不说，那些女色也是一次次地付了定金又一次次地不能最后使用。而且刘张不能使用，国民党自己也不能用，不像饭菜做了刘张不来国民党的特工们可以自己吃，而那些女色如果使用了是要付全款的！这些婊子们，定金都付了，却只能干巴巴地看着不能动，这是最让国民党气不过的地方。但是没办法，国民党的经费实在是太紧张太困难了，他们只能让中共人员去腐败而自己腐败不起，于是只有让那些婊子每次都拿了定金又不献身生占了便宜去。国民党的冤枉钱花得太多了！国民党保密局台湾总部的领导们后来总结这次行动的教训，都感慨万千，说："不怕共产党的枪，不怕共产党的炮，就怕共产党的检查团来到！中共的检查团真是害死人啊！"中共的检查团成功地重创了国民党。最后，国民党保密局京津冀绥地下工作站决定停止这次行动，承认这种办法行不通，这么拖下去不是办法，必须另想辙儿，通知高长捷等撤出大理道 48 号。

对刘青山和张子善的第四次暗杀于是宣告失败。

八、第五次暗杀

十天后,老魏来跟刘婉香接头,这次他给了刘婉香一把手枪,传达上峰的最新指示:上峰命令刘婉香,这次不计危险,只要逮着空儿,直接用枪干掉刘青山和张子善就是!老魏又破天荒地不等刘婉香开口要,主动给了刘婉香六十块大洋,告诉刘这是党国给他的。党国让刘婉香可以不必请示,在需要的情况下,为完成这次暗杀任务,自己决定向中共的行动对象去行贿。老魏告诉刘婉香:保密局高层已经根据形势发展,把向中共人员行贿正式列入财政预算了,以后行贿的钱都会自动地逐月下发。国民党今后将把对中共人员行贿做到常态化、制度化和系统化。老魏让刘婉香不要有任何后顾之忧地放心去干。

刘婉香凭空得到了六十块大洋,又听说以

后还月月有钱好拿,心里十分高兴。刘婉香想,他要是想从中贪污个十几二十的那还不是随便一个动作!刘婉香开始觉得当特务真是一件幸福的事情。刘婉香让老魏去转告上级领导:他一定不辜负组织上的期望,这次一定要杀掉刘青山和张子善!

老魏说:组织上等着你胜利的消息!

刘婉香开始兜里揣着手枪,在杨柳青石家大院、杨村机场工地和大理道 1 号这几个地方来回游动着,紧紧跟随刘青山张子善的行踪,寻找着对刘张开枪的机会。刘青山和张子善倒是时时都暴露在刘婉香的枪口下,时常在刘婉香的有效射程之内晃荡着,但刘婉香却不敢拔出枪来去打。刘婉香一旦开枪射击,刘青山张子善倒是很有可能会被打死,但是刘婉香自己也会立即被捕或被当场击毙。因为刘婉香每每见到刘青山和张子善的时候,刘张身边都是围满人的。领导身边总是时刻都有一堆人围着。有来请示工作的,有来让签字报销的,有女流来献媚撒娇的,有来迎奉拍马的。其中地委宣传部有个小季,看到同部门的焦翠兰天天接近刘书记,他心里着急得要命,生怕焦翠兰提拔到他前头去,但他是男的,他要想跟领导亲近缺乏资源上的优势。于是小季就想出每天来对刘青山说一句歌颂的话,某些宣传干部活着的功能就是专门研究琢磨如何歌颂领导。例如小季说:"刘书记您昨天开会作报告的水平真高,都快赶上少奇主席的报告水平了!"当时党内公认理论水平最高的是刘少奇。或者说:"刘书记您真平易近人,同志们在您领导下工作真是太幸福了!"之类。要实在没什么可说的了,就说:"刘书记,地委的同志们在您的领导下这两天又胖了!"1950年代的中国社会是以胖为美,来表示社会主义的生活好,而旧社会的标志就是人民全都瘦骨伶仃的。就是这个小季,最后创造出了让全国都为之哗然的著名理论,小季在天津提出了"刘青山思想"。小季说。"全国有毛泽东思想,我们天津有刘青山思想。毛主席在中国,把马列主义具体化了,因此叫毛泽东思想;而刘书记在我们天津,也把马列主义具体化了,这就叫刘青山思想!"小季同时也大力歌颂张子善,曾经在开会时高呼:"在英明领袖张专员的领导下胜利前进!"而张子善对此的回应,公然是:"应该向这个同志学习!"

刘青山和张子善后来被审查,除了贪污的问题外,公然标榜"刘青山思想"和"英明领袖张专员"是另一个重大问题,这犯了官场大忌。在刘张专案的档案材料中,刘青山对此有专门的检查交代。据档案材料记载,刘青山首先要求组织上调查提出"刘青山思想"的前后来龙去脉,刘说:现在都说"刘青山思想"是我自己提出来的,是我自己说我在天津把马列主义具体化了,这是不对的。这句话是底下的同志提出来的,请组织上甄别(但负责审讯刘的有关机构后来并未去甄别,现在所有的历史材料都说是刘青山自己标榜自己——李唯注)。刘青山提出这个要求后,接着交代检查自己说:"开始听底下的人这么说,自己也害怕,也对那个同志说过别这么讲。但听的时间长了,心里也挺舒服的，人都是愿意听好话的，这是人的本性。久而久之，我都听习惯了。那个同志如果有一天没来说，我就像这一天没吸大烟一样，浑身不舒服。在这里，我再向组织交代一件事：1950年，我和张子善同志进入天津之后，我们俩都穿起了皮大氅。我觉得我穿皮大氅很神气，当时有部苏联的影片叫《夏伯阳》，里面的苏联红军骑兵将军夏伯阳披个斗篷，叼个烟斗，威风凛凛，我觉得我披着大氅就像披着斗篷，挺像夏伯阳的。我想让人夸我像夏伯阳。我是带兵打仗出身的，我喜欢像一个叱咤风云的大将军。底下的那位同志就来夸我，头一天，他夸我，说：'刘书记，您真像岳飞！'我不高兴了，我明明是夏伯阳，什么岳飞！我就没理他。那位同志见没有夸对，看我不高兴了，就回去连夜反复琢磨。第二天，又来夸我，说：'刘书记，您真像戚继光！'我更不高兴了，我是夏伯阳，你东拉西扯啥呀！我脸都黑下来了，更不理他了。那位同志见我黑脸了，吓坏了，又赶紧回去琢磨。一连几天来夸我，都夸不对。我的脸越来越难看。最后,有人点拨了那位同志。终于,那位同志来对我说:'刘书记,您真像夏伯阳!'我这才高兴了。那位同志哭了,哭着说:'感谢上帝,我终于说对领导的心思了!'他哭得吸溜吸溜的。这个事情,一是说明我在单位的霸道,二是说明这全都是我们的体制造成的。我们的现行体制,实际上,就造成好多单位的一二把手在单位里都是一手遮天。底下的干部,只能说领导的好话而不敢说领导的坏话,从来没有哪个人是因为歌颂领导,无论你歌颂得有多肉麻,而被撤职查办判刑的,但你要敢在单位公开说领导一句坏话,你试试!所以就造成现在单位的领导越来越膨胀,各单位的奴才越来越多。"刘青山的这份检查交代在档案卷宗的第 147 页。

小季这样的一群"奴才"总是像蚊蝇嗡嗡嗡嗡跟踪着刘青山张子善,让刘婉香总也不能有单独接近刘张的机会来完成暗杀任务。刘婉香万分焦急。就在刘婉香几乎要绝望的时候,一个机会在不经意间突然来临了,让射杀刘张在瞬间不可思议地变为非常可能的事情!

事情的起因来自一桩意外的车祸:1951年8月4日上午,一名在地委机关食堂做饭的职工老肖,刘婉香不知道肖的原名叫什么,只知道大院的人都叫他肖大屁股。肖是厨师,吃得胖,屁股大。肖大屁股四十多岁快五十了,在早晨外出买菜的时候被杨柳青镇上的一辆马车撞倒,脾脏破裂,生命垂危。这一个普通职工的车祸却引得大院里的一把手刘青山闻听后火速赶到了医院,而且刘情绪极其激动,看到肖大屁股血糊糊不省人事地躺在那里,难过得当众嚎啕大哭,二话不说,挽起袖子就要给肖输血,而且蛮横地命令护士给他抽1000 CC!这可把跟着刘青山来的下属们都吓坏了,怎么能让书记给一个炊事员输血,而且是输这么多的血呢!部下们死活拉住刘青山不让他输。尤其是小季,抱着刘青山,苦苦哀求,请刘书记为了天津地委的工作,为了天津市的发展,为了新中国的未来,为了世界革命的明天,千万千万要保重自己啊!刘青山头一回对小季的奉承不耐烦，破口大骂说我操你娘的未来和明天！我操你娘的鸡巴世界革命！他哭着说："1942年，在晋察冀，老子中了鬼子的子弹，眼看命就没了，是我哥给我输的血啊！现在，我哥的血流没了，我要不给他匀点儿，老子还算人吗！"他暴跳地骂着，最后，掏出腰间的手枪来（建国初期各地市级单位的党政首长都佩枪——李唯注），把枪"啪"地往桌上一拍，对下属们说：都别跟我说，有啥话都跟这把枪说！下属们谁都不敢再说话了。大家只有赶紧跑回大院，把张子善搬来，让张专员来劝说刘书记。张子善来到医院，一看刘青山这架势，他太了解刘青山了，知道拦不住，没作任何劝解，只说了一句："青山，别抽1000了，抽800吧。"刘青山给了张子善面子，同意抽800 CC。等刘青山的800 CC鲜血输进肖大屁股身体的时候，刘已是脸色蜡黄，身体冷得瑟瑟发抖，站都站不稳了。刘青山有很严重的萎缩性胃炎和十二指肠溃疡，一直在喝中药，身子骨比较弱。

刘青山和肖大屁股是同一个村子的，两人都是河北省安国县南章村人，两人是同一天从村子里跑出来在晋察冀萧克的部队当兵参加八路军的。刘青山后来做到了地师级干部，而肖大屁股人老实，木讷，左腿还有一点儿跛，是个瘸子，从当兵到年龄一大把了，一直都还在炊事班里做饭，也没能娶个媳妇。到1950年，两人之间的地位已经是天差地别的程度。但刘青山一直记着肖大屁股救过他的命，一直把肖当哥哥对待，人前人后都是哥长哥短地叫着，在石家大院只有刘青山不喊他肖大屁股。刘青山很讲义气，地委机关里即使是后来向中央和河北省委检举刘青山的人也都承认：刘青山这个人，只要你是他的"三老"，即老乡、老部下、老战友，他绝对会为你两肋插刀，经常是讲义气讲到了不讲原则的地步。据说，老河北省委的干部在1955年都听到过一个非正式的传达，说毛主席当时批准对刘青山执行死刑，事隔几年后说过这样的话："刘青山死就死在了江湖义气上！我们党有不少干部都讲江湖义气而不讲党性,除了刘青山,还有高岗!"

肖大屁股在傍晚的时候还是死了,刘青山的义气还是没能挽留住他的性命。

据说,肖死的时候,正好河北省委办公厅给天津地委来了电话,让刘青山连夜赶到石家庄去开省委扩大会议,而哭得眼泪汪汪的刘青山对前来通知他的秘书说:"你去告诉让我去石家庄开会的人,不管他是书记还是省长,你就说是我刘青山说的:开他妈鸡巴的会!我哥死了,我不去!"

刘青山要留下来给肖大屁股守灵。

地委机关在石家大院连夜给肖大屁股设了灵堂,刘青山把所有围在他身边的人统统赶走,连张子善也不让呆在灵堂里,他要一个人彻夜守着老肖,在最后这个晚上,他要跟他的这个同村老哥最后说说话。就在这个时候,很突然地,倪科长来找刘婉香了,倪通知刘婉香,让他进到灵堂里去,陪着刘书记彻夜守灵。刘婉香简直不相信自己的耳朵了:他竟然是惟一的一个被批准进入灵堂和刘青山呆在一起的人，而且独处的时间有整整一夜！倪之所以要派刘婉香去陪着刘青山，而且刘青山本人也同意了，是因为刘青山由于长期行军打仗胃疼得厉害，后来听说抽大烟可以止疼就悄悄抽上了大烟（不是后来纷纷传说的刘青山腐败到了要抽大烟取乐的地步——李唯注），到了晚上，他需要一个为他烧烟泡的人，他一到时间点儿就必须得抽几口，否则胃疼得顶不下来，只有作为内勤的刘婉香在大理道1号为刘青山秘密烧过烟泡伺候过他，于是刘婉香就成了惟一人选。

刘婉香千载难逢的机会，就在不经意间，来临了！

刘婉香欣喜不已，他计划先在灵堂里击毙刘青山，尔后，由于张子善不放心刘青山，他每隔一个小时就会进灵堂来看一眼，刘婉香计划等张子善进来探视时再将张一枪毙命。老魏给刘婉香的这把枪是装了消音器的，能确保这一切都淹没在悄无声息之中。而且由于不允许任何人进来，即使刘张横尸灵堂几个小时，也不会有人发现，刘婉香有足够的时间能从容地走出灵堂，走出石家大院，逃出杨柳青，尔后彻底消失在大天津的茫茫人海中。这运气实在是太好！刘婉香想：国民党也不是总走背字儿的。

当刘婉香揣着上满子弹的手枪跨进灵堂的时候，他又看到了一个更加好、好得不能再好的运气，像狗头金就掉在脚边，横袒在他的面前！

刘婉香看到刘青山正在哭。刘青山正趴在直挺挺躺在棺椁里的肖大屁股身上撕心裂肺地哭着，彻底沉浸在悲伤中，对四周的一切都充耳不闻，连刘婉香走进来的脚步声都听不见，把他的头、颈以及一大块后背完全暴露在刘婉香面前，这让刘婉香可以从容地掏枪瞄准射击，而根本不必担心刘青山会惊叫起来，这简直就是一头死猪趴在那里任他随意宰割。刘婉香不禁喜气洋洋，他想不到那么艰难曲折的暗杀到头来竟是这么轻而易举的事情！刘婉香决定等着屋外的鞭炮再一次响起的时候就开枪。

杨柳青这一带的习俗是在做白事的时候每隔一个时辰就要鸣放一阵鞭炮，民间的说法是用以驱赶亡者前往西天时一路上挡道的大鬼小鬼。刘婉香决定在那个时候开枪，就是要让虽然装了消音器但在击发时仍然会有的些许声音能被密集的鞭炮声彻底遮没掉，以确保灵堂外面的人听不到一丝异样的响动。

大约在五分钟后，又一轮的鞭炮声密密匝匝响起来了，就在刘婉香要扣动扳机的时候，他突然听到了刘青山在对死去的肖大屁股絮絮叨叨地哭诉，那话里的内容，像一把斧头猛然劈过来，在顷刻之间，让刘婉香的杀戮戛然而止。

刘婉香听到刘青山在说他贪污的钱！这让刘婉香饶有兴趣，他想听一听。

刘青山在对肖大屁股说他搞了很多很多的钱，他现在的钱足足能买下他们老家安国县的一条街来！可他一个人要这么多的钱干什么用呢？论吃吧，他就一个胃，就算顿顿都挑最贵的吃，他能吃多少？何况他还有胃病。论穿吧，他就一个身子，他还能一次穿六件裤子套七条裤子吗？论搞女人吧，就算他有一天也放开去搞女人了，可他就一个鸡巴，他又能搞几个呢？这些话很粗，但话丑理端，道理没错。刘青山说，他贪污的这些钱，用途分三块，一块是去给有关领导和关系户送礼行贿；一块是他自己花一些；最大的一块钱，是他为老战友、老部下、老兄弟们去搞的！其中，就有肖大屁股的份儿。

刘青山说他已经给肖大屁股在安国县城的老街上买了一套大宅子，三进的院子，一水儿青砖铺地，比当年村里的地主肖玉贵家都阔！另外，他还给肖大屁股买了一个老婆。那闺女今年刚十六，绝对是个处，她爸爸是地主，去年全国解放的时候让咱们政府给镇压了，如果不是被镇压的地主家，就这么水灵个丫头，想买？门儿都没有！那闺女起初听说肖大屁股都快五十了，还是个瘸子，死活不同意，刘青山说他就带着警卫员上那闺女家去了。先把满满一面口袋的大洋往她家炕上一倒，然后就跟那闺女和她娘说狠话："你要是不愿给革命军人当老婆，那你们就等着日后让村里把你们当地主家属对待，天天监督你们劳动，像对待牲口一样吧！你们自己合计！"反正就这样一手软，一手硬，硬硬把个地主的黄花大闺女给肖大屁股弄来了！

刘青山说，他为啥非要给肖大屁股弄一个地主家的小闺女来呢？那是他永远忘不了1939年，肖大屁股之所以要带着他去投奔八路参加革命，那是因为老哥的媳妇让村里的肖玉贵依仗权势给奸了。那媳妇，他从小叫三嫂的，后来投了村后边的河死了。刘青山说永远记得肖大屁股当时给他说过的话，肖大屁股说："俺去参加革命，就是等着有一天革命胜利了，俺也要日地主的女人！"刘青山伤心地说，现在，革命胜利了，他把啥都给肖老哥准备好了，那地主的小闺女，革命的胜利果实，也都给老哥哥搬到炕上来了，他就准备这次把这个喜讯给老哥哥说让他今年就成婚呢，谁知，咣叽一下，新娘还没入洞房，新郎倒先死了！

刘青山非常伤心难过,抱着已经死硬的肖大屁股,哭着说:"老哥哥,你不是说,革命胜利了,你也要X地主的女人吗?你起来X呀!你咋就死了呢……"刘青山哭得肝肠寸断。

接下来发生的情况是:刘婉香被刘青山深深感动了。

刘婉香觉得刘青山说的话,每一字,每一句,全都说到他的心坎里去了。刘婉香想起自己当年在村里受地主的气,不禁也是恨意满腔,"X地主的女人",说得太解气了!他觉得刘青山说的绝对是庄稼地里兄弟们的话。刘婉香开始觉得刘青山这人还不错,是条汉子!从执行暗杀任务以来,他头一回跟刘青山有了一种农民弟兄之间的亲近感。刘婉香不想杀刘青山了,至少不想在刘青山表现得这么仗义这么爷们的时候杀他!刘婉香觉得这个时候他要杀刘青山,他就不仗义了,以后在庄稼地里,他是会被人骂死的。国民党特务刘婉香和中共地委书记刘青山在共同的农民阶级情感中融合在了一起。刘婉香把瞄准刘青山后脑勺的枪揣进口袋里,起身走出了灵堂。就在灵堂门口,刘婉香迎面碰到了恰好这时走进灵堂来关怀探望刘青山的张子善。刘婉香意味深长地看了张子善一眼,按照计划,这时候他应该是已经杀掉了刘青山而正要对张子善下手的,刘婉香感叹世事真是难料!张子善则对于刘婉香满含意味的眼神毫无察觉,完全不知道他正在与死神擦肩而过。刘婉香走出灵堂,这时候天都亮了,他找个借口向倪科长告个假去了市里,溜到接头的茶馆,送出情报,向上级报告说:行动目标保卫森严,无法下手。

第五次暗杀于是又宣告失败。

这样的机会一闪即逝,从此再没有了。

国民党保密局台湾高层后来知道了事情全部经过,得知刘婉香是因为这样的原因而没有在那样一个惟一的机会里杀掉刘张的,不禁气得捶胸顿足,但事情已经过去,也无可奈何。后来据说当时已经全面开始负责国民党谍报系统工作的蒋经国针对这件事,感慨地说过一句话:"中共的毛泽东有一句话说得很对:严重的问题在于教育农民!"蒋经国的意思是:毛泽东的话也同样适用于国民党。对国民党而言,严重的问题也在于教育农民!国共两党都诞生在这个有着最广大农民的国家里,中国大地,到处是庄稼,遍地是农民,农民性是两党核心问题共同的根源所在。

九、第六次暗杀

国民党的计划屡屡受挫,人的因素占很大比重,使国民党的高层领导认识到对特务们加强思想教育的必要性和紧迫感。于是在1951年的下半年,国民党保密局京津冀绥地下工作站下决心把工作先暂时停下来,把特务们集中起来进行学习,端正思想,提高认识。要求广大特务们不能光低头拉车,而是要抬头看路,不能光埋头杀人,而是要抬头认清方向,心中要有大目标,杀人才能杀得好!又据说,国民党工作站看到中共这些年各种各样的协会层出不穷，五行八作，什么行当都成立个协会，譬如作家协会，国民党于是也想借鉴学习一下，就考虑趁这次特务们集中学习的机会，大家伙儿都在，准备成立特务协会，让广大特务们也有一个自己的家。国民党也想采取人性化的管理措施来搞好特务工作。

刘婉香秘密来京参加集中学习之后，又返回了天津，同时带回来了工作站对他的最新指令：不惜一切代价，务必限期完成对刘青山张子善的暗杀！因为中共的毛泽东近期在中共华北军区司令员聂荣臻的陪同下视察了杨村机场工地，这使刘青山和张子善这两个暗杀目标的重要性愈发重要起来。工作站命令刘婉香，用枪杀不了就用炸药！命令刘婉香想尽所有办法在刘张的餐厅、卧室、办公地点以及其他经常出入的地方安置炸药，定点爆炸，令刘张毙命。国民党上级领导同时告诉刘婉香：这次他要完不成任务，那就自裁吧！让刘婉香自己把自己弄死。刘婉香被逼到了绝路上，他这次只有杀掉刘张自己才能活下去。严酷的命令让刘婉香被激发出了惊人的执行力，九天之后，刘婉香通过老魏去向领导递交报告说：他已经把炸药安放在了中共天津地委的小会议室里，引爆装置也安装好了，就等刘青山和张子善哪天来开会了！刘婉香在报告中恶毒地说：共产党喜欢开会，那就让他们在开会的时候死吧！

但刘青山和张子善从此却总也不开会了！特别是刘青山，连在天津也很少呆了，总去石家庄，偶尔回来一趟，也顾不上开会，两天后就又走了（刘青山这时已经调任石家庄市委副书记，主要在石家庄工作了，偶尔回天津地委，是来交接一些没干完的遗留工作的，国民党潜伏特工刘婉香以及国民党保密局晋察冀绥地下站当时并不掌握这一情况——李唯注）。刘婉香总也见不到刘青山，更不要说按动爆炸装置炸死刘青山了，想到自己完不成任务就要性命难保，刘婉香被捕后说：那些日子，他牙都掉了，上火急的！

终于有一天，刘婉香又再次见到了刘青

山，这使他不禁欣喜若狂！

　　刘婉香被捕后对于这次和刘青山的见面有过详细的交代。刘婉香说：那其实是他最后一次见到刘青山。见面的地点是在杨柳青石家大院东北角的男厕所里。那天，刘婉香走进厕所去撒尿，一进门，他看到好久不见的刘青山居然也站在尿池边上尿尿！刘青山回来了！刘婉香高兴得近乎失控，他竟然失控地奔过去跟刘青山打招呼，那副样子一看就是蓄谋已久的计划就要实现了的欢欣鼓舞。但怪异的是，刘青山对刘婉香奔过来的招呼充耳不闻：刘青山在发呆。更怪异的是：刘青山显然已经尿完了，但他却并不把自己的生殖器放回裤子里去，而是依旧裸露在外面，自己看着自己的下身站在尿池边上发呆。刘青山显然在想什么心事。刘婉香看到刘青山的阴囊白白的，像是扑了一层粉。刘婉香不敢再问，站在刘青山边上小解。刘青山突然没头没脑地跟刘婉香说起话来，大约是他独自憋得厉害，很想找个人说说。刘青山告诉刘婉香：他有阴囊潮湿的毛病，很厉害，治不好，裆里经常湿得很难受。战争年代，条件简陋，他经常是用老乡晒干的山芋片磨成粉敷在阴囊上，吸干一下湿气。解放后进了天津，有条件了，他就让后勤科买来婴儿的爽身粉给他用，效果比山芋粉要好得多。然后，刘青山问了刘婉香一个很奇怪的问题，这个问题显然是让他困扰、焦心并且发呆的根源。刘青山问：如果，今后，有三年，或者五年，他再弄不到爽身粉来用，他的蛋蛋会不会湿得烂掉？他还会不会是一个男人？刘婉香很诧异，没法回答。以刘婉香的文化和医疗知识，他比刘青山更不懂得这个问题。同时刘婉香觉得刘青山问得真是奇怪：就凭刘青山这么大的官，要啥没有啊，咋会三五年里都再搞不到一瓶婴儿爽身粉呢？但刘婉香当时没有细想，他尿完尿就赶紧走了。刘婉香当时完全沉浸在刘青山回来的喜悦中，他要赶紧去找倪科长落实天津地委常委会开会的日子，实施爆破行动。刘婉香当时完全没有意识到刘青山突然问这个怪异问题预示着什么。

第二天,刘青山就又走了!天津地委没有开常委会。又过了几日,张子善也在大院里消失了,连倪科长也不知道张专员去了哪里。常委会倒是开了,但刘婉香惊愕地发现:主持常委会议的换上了地委副书记李克才!而且从李的架势和语气来看,他今后将会在很长一段时间里主持常委会。刘婉香不知道发生了什么事情,他更加惶恐了,整日在大院里惶惶不可终日,他期盼刘青山和张子善快回天津来,向菩萨祷告,保佑刘张平平安安的,平平安安地活到让他杀的那一天。

刘青山其实和刘婉香在厕所里见面的几天后就被捕了。张子善随后被捕。而且刘青山当时就知道他和张子善很可能将会被捕,因为河北省委有人已经跟他透过风声,所以他才会在厕所里没头没脑地跟刘婉香说那样奇怪的话。刘张一案的最初案发,现在比较多的说法是地委副书记李克才率先向中央告发了刘青山和张子善。还有一种说法是,李克才在告发了刘青山和张子善之后,又特意找刘张分别谈了一次话，谈话的大意是，李规劝刘张把涉及此案的其他人尤其是上层的领导人都交代出来，因为这个案子贪污挪用的金额太大，如果没有其他的人来分担责任，尤其是上面的领导人来承担一部分责任，那刘张很可能就此性命不保。显而易见这么大一笔钱绝不可能仅仅是刘青山张子善两个人就能贪污挪用得了的！李克才跟刘青山和张子善都是晋察冀的老战友，出于坚持党的原则，他告发了刘张，但出于当年的生死战斗情谊，他想保住这两个老战友的命。据说刘张对于李克才的苦苦规劝嗤之以鼻，尤其是刘青山，当场就耻笑李克才，说李克才太不懂政治。刘青山说他要是把那些人，尤其是上面的领导都交代出去那才是死定了哩！刘青山说如果出事被捕，惟一的一条活路就是他和老张两个人把全部的事都扛起来。只有自己全扛了，那些没进去的人才能在外面玩命地想办法救他们，往外捞他们，他和老张两人才能活下来，日后才有机会出狱。刘青山还自信和得意地跟李克才说：他在牢里最多也就呆个三五年，有人已经跟他和子善都打过招呼了！李克才当时问：谁？谁跟你们打的招呼？刘青山一笑说：我能告诉你吗？我政治上会这么幼稚？所以，刘青山在厕所里跟刘婉香说他今后可能三五年都再搞不到一瓶婴儿爽身粉，他说的就是他可能将要在牢里监禁的日期。

刘青山和李克才之间是否有过这样一次谈话，已经无从查证，李克才已经故去多年。但从档案材料上看，刘青山和张子善确实是从来没有想过他们会被判处死刑，他们都坚信他们只坐几年牢就会获释。档案中记载着刘青山和张子善在接受审讯时说的原话，摘抄几段如下：

（一）1951年9月23日，天津芥园道监狱第四审讯室，刘青山说："几年以后我出去，领导干部我是不能再当了，我犯了这么严重的错误，我对不起首长和组织，请组织上批准我回老家种地去，我愿当个自食其力的劳动者……"

（二）1951年9月26日，天津芥园

道监狱第一审讯室,张子善说:"……我参加革命以前教过几年私塾,今后,我可以去教书。教语文教政治我不能教了,我是政治上犯了错误的,教小孩子算术我还是可以的……"

(三)1951年11月6日,河北保定监狱审讯室,刘青山再次说:"……如果说我还有啥要求的话,我请求组织上到时候也能在村里分给我一块地,再分给我一匹牲口,牛和骡子都成,我老家没人了,我回村后,没地没牲口我种不了地……"(当时正是全国土改,农民都分到了土地和牲畜,故刘青山有此一说。——李唯注)

刘张诸如此类的话,在档案记载中还有多处。

至于现在到处流传的一种说法,说河北省委事先把毛泽东批准死刑的批示给刘青山和张子善看过,故刘张事先已经知道他们会死。此说法在档案中无一字记载,在河北省委以及中央当时有关此事的一切材料中也无一字记载。不知这种煞有介事的说法从何而来。

1952年1月10日，刘青山和张子善被押赴河北保定宣判会场进行宣判。直到这个时候，刘张依然决没有想到他们会被判处死刑，他们依然坚信事先有人给他们承诺过的就只会判他们三到五年。当宣判书念道："判处刘青山张子善二犯死刑——"刘青山和张子善顿时傻了。上世纪1950年代的宣判和今天的法律宣判完全不同，今天的判决都要给人犯留出上诉期，而当年的宣判则是："判处死刑，押赴刑场，立即执行！"刘张当时就被押走在距宣判会场大约一百米的空地上立即枪决了，他们整个懵了，连清醒过来说一句申辩话的机会都没有。故刘青山张子善一案，数额如此巨大堪称是一项浩大工程的贪污，被判处的只有刘张两人，再没有第三个同案者被涉及和查处。据河北省委的一些老人回忆道：当时很多报告和请愿书像雪片般地不断送往中央，有些甚至直接送给了毛主席，很多都是要求枪毙刘青山和张子善的。又据说，其中很有一些上书者，都是过去收受了刘青山张子善的财物、刘张案发事后往监狱里给刘张递话要他们守口如瓶、并保证将来一定会把他们捞出来的人，正是这些人，另一方面比任何人都痛心疾首情绪激愤，一再上书中央，说是不杀不足以平民愤，不杀不足以正党风，强烈要求党中央赶紧把刘张杀了！再据说，执行死刑的法警当时给刘青山收尸的时候，从他被河北省委特批穿着的那件皮大氅口袋里，翻找出五六瓶婴儿爽身粉，显然这是刘青山准备带到服刑监狱去用的。这个细节也证实：刘青山当时绝没有想到他会死！

刘婉香对这些情况则是完全不知，他只知道一天一天过去，一月一月过去，刘青山和张子善始终都没有回来。到后来，刘青山和张子善对于刘婉香已经遥远得像一个记忆符号了。刘婉香开始真正感到了害怕，他觉得国民党随时都会派人来杀他！到1952年1月初的时候，刘婉香实在扛不住了，他准备潜逃，准备跑到新疆去，去阿克苏，这个地名是刘婉香听地委一个开卡车去过那儿的司机说的。那司机说，新疆阿克苏大得很，别说藏一个人，藏一个团都找不着！刘婉香准备在三天以后逃往阿克苏，因为三天后是地委机关发工资的日子，刘婉香的工资当时是月薪三元七角，他舍不得这个钱，想领了钱再走。正是这个举动，刘姓特务婉香，自己把自己救了。

三天后的上午，1952年10月11日，天津地委和行署召开包括刘婉香在内的全体干部职工大会，地委副书记李克才向大家传达，说刘青山和张子善已于昨日被我党枪决，这是党反对贪腐纯洁党风的伟大胜利！

刘婉香听了，宛若死里逃生一般，顿觉阳光穿透乌云，天空一片湛蓝晴朗！他迫不及待跑去接头的茶楼，给上级送去他的情报。刘特务这份最后的情报，全文如下：

> 报告党国一个好消息，我们一直想杀的刘青山和张子善，不用杀了，因为共产党已经替我们杀了！感谢共产党！0471

报告。

第六次暗杀,应该说是明杀,终于成功。

十、刘婉香的最后结局以及身后事

刘婉香是在 1952 年 4 月国民党北平京津冀绥地下工作站被破获,他连带一起被捕的。在刘青山张子善被处死之后数月,刘姓特务婉香也于 1952 年 8 月在石家庄被执行枪决。

刘婉香有一个儿子,他死的时候儿子只有半岁左右。这跟刘青山最小的儿子情况差不多。为了能使材料更加翔实,李唯辗转在河北鹿泉市境内找到了刘婉香还在乡下务农的儿子,儿子如今已是六旬老人。为了保护当事人的隐私,李唯在此称他为刘儿。刘儿对李唯的到来很冷漠,不愿多谈什么,因为是特务的儿,六十年来,刘儿的坎坷可想而知。和刘儿短暂接触下来,李唯发现刘儿是有文化的,通文墨,而且,关心政治。大概是由于父亲那样一个角色的缘故,他尤其关心与刘青山和张子善案件有关的政治历史。在与刘儿冷漠的谈话中,有一片刻,刘儿突然激动起来,说了一大通话,概括起来,大意是:毛主席曾经说过,当年我们杀了刘青山和张子善,党清廉了几十年。现在,查出来的干部,贪污多少钱基本上都不杀了,贪污上亿都不杀,而贩毒50克就要杀,不知道哪个对祖国的危害更大?既然绝大部分都不用死了,那傻瓜才不贪污!刘青山张子善在地下若知道了,都死不瞑目啊!

李唯正告刘儿:不要乱说。

图书在版编目（CIP）数据

腐败分子潘长水/李唯著.-上海：上海文艺出版社.2017.6
（小文艺·口袋文库）
ISBN 978-7-5321-6303-8

Ⅰ.①腐… Ⅱ.①李… Ⅲ.①中篇小说－小说集－中国－当代
Ⅳ.①I247.5

中国版本图书馆CIP数据核字（2017）第109838号

发 行 人：陈　征
出 版 人：谢　锦
责任编辑：谢　锦
封面设计：钱　祯

书　　名：腐败分子潘长水
作　　者：李　唯
出　　版：上海世纪出版集团　上海文艺出版社
地　　址：上海绍兴路7号　200020
发　　行：上海世纪出版股份有限公司发行中心
　　　　　上海福建中路193号　200001　www.ewen.co
印　　刷：山东临沂新华印刷物流集团有限责任公司
开　　本：760×1000　1/32
印　　张：7.25
插　　页：3
字　　数：91,000
印　　次：2017年6月第1版　2017年6月第1次印刷
ＩＳＢＮ：978-7-5321-6303-8/I.5031
定　　价：27.00元

告 读 者：如发现本书有质量问题请与印刷厂质量科联系　T:0539-2925888

―― 小文艺·口袋文库 ――

报告政府	韩少功
我胆小如鼠	余　华
无性伴侣	唐　颖
特蕾莎的流氓犯	陈　谦
荔荔	纳兰妙殊
二马路上的天使	李　洱
不过是垃圾	格　非
正当防卫	裘山山
夏朗的望远镜	张　楚
北地爱情	邵　丽
群众来信	苏　童
目光愈拉愈长	东　西
致无尽关系	孙惠芬
不准眨眼	石一枫
单身汉董进步	袁　远
请女人猜谜	孙甘露
伪证制造者	徐则臣
金链汉子之歌	曹　寇
腐败分子潘长水	李　唯
城市八卦	奚　榜

小说